이 책은 2009년도 정부재원(교육과학기술부 인문사회연구역량강화사업비)으로 한국학술진흥재단의
지원을 받아 연구되었음(KRF-2009-322-A00093).

휘장을 열고 차를 끓이다

발간에 부쳐…

2008년 9월 설립된 이화여자대학교 중국문화연구소는 기존 어문학 중심의 연구에서 벗어나, 세부적인 학문 영역에 국한되지 않는 포괄적이고 심도 있는 전문 중국학 연구의 구심점이 되기 위해 노력하고 있습니다. 폭넓은 시야와 안목을 가진 전문 인력을 확보하고 다양한 정보를 공유함으로써 새로운 방법론을 창안할 연구 공간으로의 역할을 모색하고 있습니다. 특히 지역학 및 지역문화 연구, 여성문학 연구, 학제 간 연구를 중심으로 한 차별화된 전략을 통해 학문적 국제경쟁력을 강화하고 있습니다. 또한 급변하는 동아시아 및 국제사회에 적극적으로 대처하기 위해 실용성을 추구하면서 한중양국의 문화 창달에 기여하고 있습니다.

2009년 7월부터 본 연구소 산하 '중국 여성 문화·문학 연구실'에서는 '명대 여성작가 작품 집성—해제, 주석 및 DB 구축'이라는 프로젝트를 수행하게 되었습니다(한국연구재단 2009년 기초연구과제 지원사업, KRF—2009—322—A00093).

곧 명대 여성문학 전 작품을 대상으로 자료를 수집하여 주석, 해제하고 이에 대한 데이터베이스 구축을 위해 방대한 분량의 원문을 입력하는 작업으로, 이미 상당 부분 진행되었습니다. 정리 작업을 진행하면서 중요 작가를 중심으로 작품의 성취가 높은 것을 선별해 일반 독자에게 알리기 위해 연구총서의 일환으로 이를 번역, 출판하게 되었습니다.

이와 같은 연구 성과는 한국·중국 고전문학 내지는 여성문학 연구의 중요한 토대를 마련할 뿐 아니라, 동서양의 수많은 여성문학 연구가들에게 편의를 제공하게 될 것입니다.

이화여자대학교 중국문화연구소
소장 이 종 진

출판 서

이화여자대학교 중국문화연구소는 한국연구재단의 지원 하에 「명대(明代) 여성작가(女性作家) 작품 집성(集成)—해제, 주석 및 DB 구축」이라는 과제를 수행하고 있습니다.

2009년 7월부터 시작된 본 과제는 명대 여성들이 지은 시(詩), 사(詞), 산곡(散曲), 산문(散文), 희곡(戲曲), 탄사(彈詞) 등의 원문을 수집 정리하여 DB로 구축하고 주석 해제하는 사업으로 3년에 걸쳐 진행됩니다. 연구원들은 각자의 전공에 따라 자료를 수집 정리해 장르별로 종합한 뒤 작품을 강독하면서 주석하고 해제하고 있습니다. 이런 과정에서 우수 작가와 작품을 선별하여 출간하는 것이 본 사업의 의의를 확대할 수 있다고 판단되어 연차별로 4~5권씩 번역 출간하는 계획을 수립하였습니다.

본 과제를 수행하는 데는 적지 않은 어려움이 따랐습니다. 첫째는 원 자료 수집의 어려움이었습니다. 북경, 상해, 남경의 도서관을 찾아다니면서 대여조차 힘든 귀중본을 베끼고, 복사하거나 촬영하는 수고로움을 마다하지 않았습니다.

둘째는 작품 주해와 번역의 어려움이었습니다. 전통시기의 여성 작가이기에 생애와 경력이 거의 알려지지 않은 경우가 대부분이어서 작품 배경을 살피기가 용이하지 않았습니다. 따라서 주해나 작품 해석에서 부딪치는 문제가 적지 않아 이를 해결하는 데 많은 수고가 따랐습니다.

셋째는 작가와 작품 선별의 어려움이었습니다. 명청대 여성 작가에 대한 자료의 수집, 정리는 중국에서도 이제 막 시작된 분야이기 때문에 연구의 축적 자체가 적은 편입니다. 게다가 중국 학계에서는 그나마 발굴된 여성 작가 가운데 명대(明代)에 대한 우국충정(憂國衷情)이 강한 작가를 높이 평가하고 있습니다. 그러나 작품의 가치를 평가할 때 우국충정만이 잣대가 될 수는 없을 것입니다. 연구원들은 기존 연구가 전무하거나 편협한 상황 하에서 수집된 자료 가운데 더욱 의미 있는 작품을 고르기 위해 작품을 다각적으로 분석하고 여러 번 통독하는 수고를 감내했습니다.

우리 5명의 연구원과 박사급 연구원은 본 과제를 수행하기 위해 끝이 보이지 않는 수고를 감내하였습니다. 매주 과도하게 할당된 과제를 성실히 수행했을 뿐만 아니라 출간 계획이 세워진 다음에는 매주 두세 차례 만나 번역과 해제를 면밀히 검토하였습니다. 출간에 즈음하여 필사본의 이체자(異體字) 및 오자(誤字) 문제의 자문에 응해주신 중국운문학회회장(中國韻文學會會長), 남경사대(南京師大) 종진진(鐘振振) 교수에게 감사드리며 아울러 윤독회에 빠지지 않고 참여해 주신 최일의 선생에게 심심한 감사를 전합니다.

본 작품집의 출간을 통해 이제껏 학계에서 간과되어 온 명대 여성작가와 작품들이 널리 알려져 명대문학이 새롭게 조명됨은 물론 명대 여성문학에 대한 평가가 새로워지길 바랍니다. 아울러 한중여성문학의 비교연구가 활발하게 시작되는 계기가 마련되길 기대합니다.

끝으로 본 기획의 가치를 높이 평가하고 쉽지 않은 출간에 선뜻 응해 준 '도서출판 사람들'에 깊은 감사를 표합니다.

2011년 2월
이화여자대학교 중국문화연구소
소장 이 종 진

역자서문

　　명말 강남의 명문가를 중심으로 여성문인 집단이 대거 출현한 것은 중국문학사에서 획기적인 사건이었다. 여성의 발언 자체가 금기시되었던 이전 시대와 달리 명말 청초에 이르면 사회적으로도 여성의 문학적 재능에 가치를 부여하여 다양한 글쓰기와 출판을 통한 유통이 시도되었다. 여성의 글쓰기를 금기시하는 전통의식의 만만치 않은 저항이 존재하는 가운데, 여성들은 혈연과 혼인관계로 맺어진 가족 공동체를 중심으로 문학 활동을 이어나갔다. 이러한 경험이 축적되면서 후기로 갈수록 여성들의 문학적 네트워크는 점차 가내 모임에서 사교모임으로, 다시 개방형 모임으로 그 관계망이 확대되어갔다. 이 책의 주인공 고약박(顧若璞, 1592~1681)은 바로 이러한 변화의 중심에 있었던 인물이다. 그녀는 여성의 교육과 글쓰기를 통한 교류에 매우 열성적이었으며, 이러한 노력은 맏며느리로서 한 집안을 이끌어가며 만든 가풍이 되어서 대대로 계승되었다. 그리고 훗날, 청초(淸初) 항주(杭州) 지역에서 문명을 크게 떨쳤던 초원시사(焦園詩社)의 원로로 손꼽히게 된다. 이 모임의 성원으로 활동했던 고약박의 질녀 고지경(顧之瓊), 손자 며느리 요령칙(姚令則)과 전봉륜(錢鳳綸, 고지경의 둘째딸), 고지경의 며느리 임이녕(林以寧), 5세손 황송석(黃松石)의 아내 양영(梁映) 등은 모두 고약박과 친인척관계에 있으면서 그녀의 영향을 받았던 인물들이다.

　　고약박은 28세에 남편과 사별한 후 맏며느리로서 집안을 이끌었다. 고약박의 문집 『황부인와월헌고(黃夫人臥月軒稿)』의 자서(自序)에는 시아버지가 부임지로 떠난 집안을 지키며 자식교육을 위해 경전과 사서(史書)를 두루 섭렵하였다고 했다. 시아버지 황여형(黃汝亨)은 며느리가 아들이 없는 집안을 이끌어갈 수 있는 능력이 있음을 알아보고 직접 경전과 역사서 및 글쓰기를 교육시켰다. 이렇게 고약박은 명말의 다른 여성들과 달리 문학 일방의 교육이 아닌 남성들이 받는 것과 같은 교육을 받을 수 있었다. 이러한 이유로 고약박이 남긴 글에는 역사와 시사(時事)를 논한 작품이 적지 않게 보인다. 자식 교육이라는 필요에서 출발했던 그녀의 독서는 마침내 그녀로 하여금 "공부가 쌓이면서 덕을 기르고 마음을 새롭게 하도록 하여" 미망인으로 60여년을 살았던 신산한 삶에 용기와 힘을 주었다.

현존하는 고약박의 문집은 청(淸) 순치(順治) 8년(1651)에 아들 황찬(黃燦)과 황위(黃煒)가 간행한 『황부인와월헌고(黃夫人臥月軒稿)』 6권, 속각(續刻) 1권[와월헌각본(臥月軒刻本), 중국국가도서관 소장]과 청(淸) 광서(光緖) 23년(1897) 가혜당(嘉惠堂) 정씨(丁氏)가 중각한 같은 제목의 3권본(復旦大學 도서관 소장)이 있다. 6권 본은 권1~권4에 시와 사(詞)를, 권5~권6에는 문(文)을 수록했다. 3권 본 역시 6권 본 계열에 속하는 것이며 문장은 제외하고 시와 사만 수록하였다. 6권 본에 실린 고약박의 시는 총 183수이다. 권1은 1611년~1618년 사이에 창작된 시 36수, 권2는 1619년~1627년 사이의 59수, 권3은 1628년~1634년 사이의 42수, 권4는 1635년~1650년 사이에 창작된 시 36수, 속각에는 그 이후에 지은 시 10수가 실렸다. 본서는 상술한 두 판본을 저본으로 삼아 고약박의 삶과 사유를 엿볼 수 있고 작품성이 뛰어난 시를 선별하여 역주와 해제를 했다. 작품의 배열순서는 6권 본의 편년체식 배열을 따랐으며 권1에서 권4까지의 시 가운데 총 76수를 뽑았다.

고약박에게 문학이란 "그 속에서 노닐고 그 속에서 쉬면서 슬픔을 발산하고 우울함을 떨쳐버림으로써 답답함과 근심으로 인한 병을 얻지 않기 위한" 것이었다(『황부인와월헌고 · 자서』). 다시 말해, 그녀는 문학에서 위로를 얻고 자신의 인생길을 한 걸음 한 걸음 뚜벅뚜벅 걸어갈 수 있는 힘과 희망을 얻었던 것이다. 역자들 또한 추운 겨울, 난로를 켜놓고 그녀의 시집을 여러 차례 들여다보면서 시집 너머 어렴풋이 들려오는 웃음소리와 한숨소리에 공감하였다. 이 책의 독자들도 그녀의 삶의 역정이 오롯이 담긴 이 시들을 통해 삶의 모퉁이 마다 숨겨진 희망을 볼 수 있기를 기대한다.

지난번의 서원(徐媛)에 이어 이번 고약박 시선을 낼 때에도 끝까지 안 풀리는 몇 가지 문제에 대해 서성 선생님께서 혜안을 빌려주셨다. 두루 감사드린다.

이 책이 나오기까지 관심과 독려를 아끼지 않으신 이종진 선생님께 깊이 감사드리며 5년간 동고동락하며 공부했던 벗들의 이름을 마음속으로 하나 하나 불러본다. 어려운 상황에도 불구하고 출판을 허락해 주시고 예쁜 책을 만들어 주신 '도서출판 사람들'의 모든 분들께 감사의 마음을 전한다. 지난 해 늦가을 해묵은 원고를 꺼내 추운 겨울을 지나고 초록빛이 사랑스러운 늦봄이 될 때까지 아름다운 번역을 위해 애썼으나 여전히 부족한 점이 많아 부끄럽다. 독자 여러분의 애정 어린 질정을 바란다.

2014년 5월
초록빛 찬란한 날에

역자 김의정 강경희

목차

....

권 1

연초록에 진노랑 빛, 먼 산봉우리에 비치고
개었다 비 내렸다 하더니 버들이 그늘 드리우네

— 새 봄 남편의 시에 화답하다

同夫子坐浮梅檻

家學憲公用竹筏,1) 施闌幕, 浮湖中, 倣志梅湖2), 以梅爲筏故事, 題曰浮梅檻.

榜人遙泛綠,3)
木葉亂飛黃.
縛竹爲新檻,
逢漁認野航.4)
樹搖山合影,
波動月分光.
聞說西施面,
梅花不倩妝.5)

---

1) 家學(가학): 집안 대대로 내려오는 학문. 여기서는 집안의 자제들을 가르친 시아버지 황여형(黃如亨)을 가리킨다. 황여형은 벼슬을 그만둔 후, 명사들과 시문을 짓는 모임을 조직하여 명산대천을 유람하며 지냈다. 1610년에 황산(黃山)을 유람하다가 뗏목을 띄워 타고 다니는 것을 보고는 집으로 돌아와 뗏목을 만들어 서호에 띄우고 친구들과 함께 즐겼다. 이 일을 기록하여 「부매함기(浮梅檻記)」를 남겼다. 竹筏(죽벌): 대나무를 엮어서 만든 뗏목.

2) 梅湖(매호): 호수 이름. 당(唐) 이백(李白) 시 「매호에 놀러가는 친구를 전송하며(送友人遊梅湖)」 "그대 매호에 놀러가니, 분명 매화꽃 핀 것을 보리라(送君遊梅湖, 應見梅花發)"라는 구절의 아래 왕기(王琦)의 주: "『초학기』에서는 '시흥에 매호가 있다'라 하였고, 『북당서초』에서는 '『지리지』에서 이르기를, 매호는 옛날에 매화나무 뗏목이 이 호수에 가라앉아 이따금 떠오르는데, 봄이 오면 꽃이 피어 호수에 가득 흐르기 때문이다.'라 하였다. 시 속의 '신림포(新林浦)'와 '금릉월(金陵月)'의 구절을 음미해보면, 이곳은 금릉과 가까우리라 생각한다(『初學記』: '始興有梅湖.' 『北堂書鈔』: 地理志云, 梅湖者, 昔有梅筏沉於此湖, 有時浮出, 至春則開花流滿湖矣. 玩詩內新林浦金陵月之句, 此地當與金陵相近.)."

3) 榜人(방인): 사공.

4) 野航(야항): 농가의 작은 배를 가리킨다. 당(唐) 두보(杜甫)는 「남린(南鄰)」 시에서 "가을물 이제 막 네다섯 척 깊어졌으니, 농가의 작은 배 두세 사람 태우기 좋아라!(秋水纔深四五尺, 野航恰受兩三人)"라 하였다. 원(元) 왕정(王禎)은 『농서(農書)』에서 "야항은 농가의 작은 나룻배이다. 혹은 책맹이라고도 하는데, 형태가 메뚜기 같아서 이렇게 이름 한다.(野航, 田家小渡舟也. 或謂之舴艋, 謂形如蚱蜢, 因以名之)"라 하였다.

5) 倩(천): 청하다. 빌리다.

서방님과 부매함을 타고

우리 집안 가학 헌공께서 대나무 뗏목에 난간을 만들고 휘장을 쳐서 호수에 띄우고
는, 매호에서 매화나무로 뗏목을 만들었다는 이야기를 모방하여 '부매함'이라 이름
지었다.

사공이 젓는 배 푸른 물에 아득히 떠있는데
누런 나뭇잎 어지러이 날리네
대나무 엮어서 새로 배를 만들었더니
마주친 어부가 농가의 작은 배로 여기네
나무 흔들리니 산 그림자 하나 되고
물결 일렁이니 달빛 흩어지네
서시의 얼굴은
매화로 단장할 필요 없다는 말 들었네

【해제】 남편과 함께 호수에서 뗏목을 타고 노닐었던 일을 노래하였다. 1611년
고약박 나이 스물에 지은 작품으로 추정된다. 가을 낙엽이 분분히 날리고 은빛
달빛 일렁이는 아름다운 밤에 시인은 남편에게 서시처럼 고와 매화로 단장할
필요 없다는 칭찬을 들었나 보다. 금슬 좋은 부부의 낭만이 가득한 뱃놀이가 아
름답다.

擬古囉嗊曲[6]

渺渺長江水,
朝朝泛畫船.
停橈歌白紵,[7]
芳意託紅舷.[8]

---

6) 囉嗊曲(나홍곡): 5언 4구, 혹은 7언 4구로 구성된 노래 곡조 이름. 유채춘(劉採春)이
   불렀다고 알려진 곡의 명칭으로, 망부가(望夫歌)라고도 한다. 당(唐) 범터(范攄)의 『
   운계우의(雲溪友議)』에 "「망부가(望夫歌)」는 나홍곡(囉嗊之曲)이다. 유채춘(劉採春)
   이 부른 120수는 모두 당시 재자(才子)들이 지은 것인데, 5, 6, 7언으로 창화할 만
   하다. (望夫歌者, 即羅嗊之曲也. 採春所唱一百二十首, 皆當代才子所作, 五六七言,
   皆可和者)"라 하였다. 유채춘 「나홍곡」, "진회수가 싫어라! 강에 떠가는 배가 미
   워라! 남편을 싣고 떠나서, 한 해가 가고 또 한 해가 가네(不喜秦淮水, 生憎江上船.
   載兒夫婿去, 經歲又經年.)."
7) 白紵(백저): 악곡명. 악부(樂府) 오(吳) 무곡(舞曲)의 명칭이다.
8) 芳意(방의): 춘의(春意), 춘심(春心).

나홍곡(囉嗊曲)을 모방하여

아득한 장강 물에
아침마다 놀잇배를 띄운다.
노 멈추고 백저곡(白紵曲) 부르며
설레는 맘 붉은 뱃전에 부친다.

【해제】 봄 강에 배를 띄우고 노래하는 젊은이의 마음에 일렁이는 춘심을 읊었다.

讀夫子鸚鵡賦

不讓當年禰正平,[9)]
驚才絶艶駕東京.[10)]
凌霄翻作雕籠玩,
慧舌何如喑不鳴.[11)]

9) 禰正平(예정평): 동한(東漢) 말년의 명사(名士)인 예형(禰衡, 173~198). 정평(正平)은 그의 자(字)이다. 대표작으로 당시의 암담한 정치 세태에 대한 불만을 기탁한 「앵무부(鸚鵡賦)」가 있다.
10) 驚才絶艶(경재절염): 놀랄 만큼 뛰어난 재주와 비할 데 없이 아름다운 문사(文辭). 東京(동경): 낙양. 동한(東漢)을 가리킨다.
11) 喑(음): 입을 다물다.

남편의 앵무부를 읽고

당신의 문장 손색이 없네, 그 옛날 예형이
빼어난 재주와 문장으로 낙양의 문인들을 능가한 것에 비교해도
높은 뜻 지녔으나 몰락하여 새장 속 노리개 되니
지혜로운 혀가 어찌하여 울지 못하는 벙어리 신세가 되었나

【해제】 남편이 쓴 「앵무부(鸚鵡賦)」를 읽은 느낌을 적었다. 한나라 예형(禰衡)이
쓴 「앵무부」에 비해 손색이 없는 재주를 지녔으나 뜻을 펼칠 기회를 얻지 못한
남편을 새장에 갇힌 앵무새에 비유하며 안타까워했다.

慰夫子副榜12)

夫子蓋兩戰棘闈矣,13) 萬曆壬子大爲分較所賞,14) 得而復失, 不免作牛衣中人也,15) 乃强起酌厄酒歌一解以勞之.16)

桂陌拂拂香生風,17)
欄干泯翠圍靑桐.
中有才人寄靈跡,
玉齒迸雪聲摩空.18)
十年攜書嘔心血,
突兀五岳搖羣峯.
上策旣收那復棄,
駑馬著鞭櫪伏驥.19)
古來嶮巇自英雄,20)
明珠灼爍泣江汜.21)
蘇君萬言眞奇偉,22)

12) 副榜(부방): 향시(鄕試)나 회시(會試)에서 정원(定員) 외로 추가 합격되는 것을 말한다. 다음 단계의 시험에 응시할 수 없다.
13) 棘闈(극위): 과거시험장. 극위(棘闈)라고도 함.
14) 萬曆壬子(만력임자): 명 만력 연간의 임자년(1612년). 分較(분교)는 분교(分校)의 잘못으로 보임. 향시(鄕試)나 회시(會試)에서 과거시험 답안지를 채점하는 시험관을 지칭한다.
15) 牛衣(우의): 추위를 막기 위해 소에게 덮어주는 덮개. 선비가 가난하여 소의 덮개를 덮을 정도로 빈한한 처지에 있음을 가리킨다. 『한서(漢書)·왕장전(王章傳)』에 보인다.
16) 解(해): 악곡의 한 소절.
17) 桂陌(계맥): 계수나무 길. 여기서 계수나무는 계림일지(桂林一枝)를 연상시킨다. 계림일지는 과거에서 발군의 실력으로 급제함을 뜻한다. 拂拂(불불): 무성한 모양. 바람에 흔들리는 모양.
18) 迸(병): 솟아나오다. 세차게 내뿜다.
19) 駑馬(노마): 노둔한 말. 櫪(력): 말구유. 마구간에 깐 널빤지. 驥(기): 천리마. 준마.
20) 嶮巇(험희): 산세가 가파른 모양. 사태 혹은 인심이 험악한 상황을 비유하는 말.
21) 明珠(명주): 빛나는 구슬. 여기서는 빼어난 재주를 지닌 사람을 비유한다. 灼爍(작삭): 광채를 띈 모양. 江汜(강범): 물가.
22) 蘇君(소군): 소진(蘇秦)을 말함. 전국시대의 정치가. 진(秦)나라에 대항하는 6국의 합종(合縱)을 성공시켜 부와 명예를 얻었다. 연횡책(連橫策)을 주장한 장의(張儀)와

落魄歸來心不悔.[23)]
六國君侯拜下風,[24)]
錦屏繡帳門如市.
且盡君前一杯酒,
蛟龍雌伏豈常守.[25)]

더불어 전국시대를 대표하는 책사이다.

23) 소진이 처음에 진나라 왕에게 10만자의 계책을 올렸으나 받아들여지지 않아서 고향으로 다시 돌아갔던 일을 말한다.

24) 下風(하풍): 아랫자리. 능력이나 지위가 남보다 아래인 사람.

25) 雌伏(자복): 암컷 새가 수컷에게 복종한다는 뜻으로 낮은 지위에서 굴종하며 아무런 성과 없이 세월을 보냄을 비유한다.

남편이 과거에 정원 외로 합격됨을 위로하며

남편이 두 번 과거를 보았는데, 만력 임자년에 분교에게 크게 인정을 받았으나 다시 실의하니, 빈천한 선비가 되지 않을 수 없었다. 이에 억지로 일으켜 한 잔 술과 노래 한 곡으로 위로한다.

향기로운 바람 이는 무성한 계수나무 길에
푸른 오동나무로 둘러싸인 비취빛 난간
그 가운데 재주 있는 이 있어 신령스런 행적 보이니
옥 같은 이에서 눈 같은 문장 쏟아져 나오면 그 소리 하늘에 닿지요

십년동안 서책을 끼고 심혈을 기울여서
우뚝 솟은 오악처럼 뭇 봉우리를 뒤흔들었지요
가장 좋은 책문이라 이미 인정받았는데 어찌 다시 버림받았나
노둔한 말처럼 채찍을 맞으며 마구간에 엎드린 천리마가 되었네요

예로부터 영웅은 본래 역경을 겪는 법
반짝반짝 빛나는 구슬도 강가에서 흐느낄 때가 있지요
소진의 십만 자 책략은 정말로 위대했으나
뜻을 얻지 못하고 돌아갔어도 마음에 후회는 없었다지요

육국의 제후들이 그의 계책을 받아들이자
비단 병풍 수놓은 휘장 드리운 집은 문전성시를 이루었지요
그러니 그대 앞에 놓인 술 한 잔 비우세요
교룡이 엎드려 숨어있기는 하지만 어찌 늘 그렇기만 하겠어요

【해제】 과거시험에 부방으로 합격하여 낙심한 남편을 위로하는 시이다. 제3구~제6구는 남편의 뛰어난 재주가 널리 인정받았던 일을 읊었고, 제7구~제10구는 남편이 높은 재주를 지녔으나 뜻을 얻지 못하고 역경에 처해진 신세를 읊었다. 제11구~제14구는 전국시대 책략가인 소진의 예를 들며 한때 아무도 알아주지 않아 낙백했어도 결국 절치부심하여 재기에 성공하였음을 상기시켰다. 그리고 마지막 2구에서는 드리는 술 한 잔 마시고 다시 때를 기다려보자고 남편을 위로하였다.

美人圖

芭蕉掩映芙蓉褥,[26]
錦瑟瓊琴陳紫玉.
牡丹的的生春風,[27]
翠幕珠簾護銀燭.
美人盡日倚玉簫,
粉靨含嬌不成曲.[28]
寄言蕭史漫乘鸞,[29]
階前草色年年綠.

---

26) 掩映(엄영): 두 사물이 서로 어울려 돋보이다.
27) 的的(적적): 뚜렷하다. 분명하다.
28) 靨(엽): 보조개.
29) 蕭史(소사): 춘추시대 진(秦) 목공(穆公) 때 퉁소를 잘 불었다고 전해지는 사람. 여기서는 사랑하는 남자를 말한다. 소사가 퉁소를 불면 공작과 백학이 뜰에 모여들었다. 목공이 딸 농옥을 소사에게 시집보냈다. 소사가 농옥에게 퉁소를 가르치니 농옥은 봉황 소리를 낼 수 있게 되었고, 마침내 봉황이 그들의 집에 모여들었다. 목공이 봉대(鳳臺)를 지어주었다. 수년 후 두 사람 모두 봉황을 타고 날아갔다.(유향(劉向) 『열선전(列仙傳)』)

미인도

파초 잎은 연꽃 수놓은 자리와 어울려 빛나고
비단 장식 거문고에는 자줏빛 옥을 달았네
모란꽃 환하게 피었는데 봄바람 일어
비취빛 휘장과 주렴으로 밝은 촛불을 감쌌네
미인은 온종일 옥퉁소에 의지하나
어여쁜 보조개는 곡을 연주하지 못하네
난새 타고 훌쩍 떠난 소사에게 전하는 말,
계단 앞의 풀빛은 해마다 푸르답니다

【해제】 미인도를 노래한 시이다. 전반부는 미인의 주변에 있는 화려한 사물을
묘사하여 미인의 아름다움을 칭송하였다. 후반부는 떠난 님을 기다리는 미인의
애타는 심정을 노래하였다. 깊은 그리움으로 인해 종일 애써도 곡을 연주할 수
없는 그녀는 결국 돌아오지 않는 님에게 봄이면 돋아나는 풀처럼 자신의 그리움
이 끝없음을 토로한다.

宮辭 其一

細柳幹條拂禦墀,
六宮宮女鬪腰肢.³⁰⁾
銀箏玉笛花前奏,
不唱班姬團扇辭.³¹⁾

---

30) 六宮(육궁): 고대 황후의 침궁(寢宮). 정침(正寢) 하나와 연침(燕寢) 다섯을 합해 육궁(六宮)이 라 한다.

31) 班姬(반희): 서한(西漢)의 여성 문학가 반첩여(班倢伃). 이름은 분명하지 않다. 한나라 성제(成帝)때 입궁하여 첩여(倢伃)에 봉해졌다. 이후 성제의 총애가 조비연(趙飛燕)에게로 옮겨가자 그녀에게 참소 당하여 장신궁(長信宮)으로 물러가 태후(太后)를 모시고 평생을 살았다. 團扇辭(단선사): 반첩여(班倢伃)가 지은 「원가행(怨歌行)」. 임금의 총애를 잃은 자신을 부채에 비유하여 지은 작품으로, 이후로 추선(秋扇, 가을철의 부채)은 남자의 사랑을 잃은 여자를 비유하는 말이 되었다.

궁녀의 노래 1

가녀린 버들가지 황궁의 섬돌을 스치는데
육궁의 궁녀들 가는 허리 다투네
은 쟁과 옥피리를 꽃밭에서 연주하지만
반첩여의 단선사(團扇辭)는 노래하지 않네.

【해제】 악기를 연주하며 노래하는 궁녀를 노래했다. 반첩여가 임금에게 버림받고 지은「단선사」를 노래하지 않는 것은 그 노래가 궁녀들의 슬픈 운명을 상기시키기 때문이다.

宮辭 其七

宮女承宣挾玉丸,
戎妝繡綒跨雕鞍.
禦階不宜揚鞭過,
生怕君王笑眼看.[32]

---

32) 生怕(생파): 몹시 두렵다. 매우 걱정하다.

궁녀의 노래 7

궁녀들은 조서 받들어 옥 탄환 끼고
군복에 수놓은 바지 입고 조각한 말안장에 걸터앉았네
임금 다니시는 계단은 채찍 들고 지나가면 안 되는 법
임금께서 웃는 눈길로 쳐다볼까 몹시 두려워하네

【해제】 궁녀들이 군복을 입고 놀이하는 모습을 그렸다. 경기를 즐기기 보다는
경기 중에 실수한 것을 임금에게 들킬까봐 조마조마 하는 궁녀의 마음이 잘 드러
나 있다.

宮辭 其十

新春偸出禦園遊,
爭打黃鶯蹴彩毬. 33)
亂入花叢人不覺,
一聲笑語過紅樓.

궁녀의 노래 10

새 봄에 남몰래 어원에 나가 노닐며
다투어 꾀꼬리를 잡고 비단 공을 차는구나
꽃 덤불로 마구 들어가도 알지 못하고
웃음소리는 붉은 누각을 스쳐가네

【해제】 꽃이 활짝 핀 어원에 몰래 들어가서 봄놀이 하는 궁녀들의 즐거움을 노래
하였다. 꾀꼬리를 잡으러 뛰어다니고, 공을 차며 즐거워하면서 수줍어하기도 하
는 궁녀의 생기발랄한 모습을 묘사하였다.

湖上繅絲曲34)

桃花花繁楊柳垂,
纖腰嫩臉香風吹.
鶯兒調聲聲正滑,
堂上絲車鳴軋軋.35)
少年騎馬挾金彈,36)
靑幂朱舷紛夾岸.37)
繅絲終日不忍看,
寒螿早晚嘶秋幔.38)

---

34) 繅絲(소사): 누에고치에서 실을 뽑다.
35) 絲車(사거): 누에고치에서 실을 뽑는 기구. 물레. 軋軋(알알): 기구의 바퀴가 돌아
   가는 소리를 형용하는 의성어.
36) 金彈(금탄): 탄궁(彈弓)의 쇠로 된 탄환.
37) 靑幂朱舷(청멱주현): 푸른 덮개가 있는 붉은 칠을 한 배라는 뜻으로 화려하게 장식
   한 놀잇배를 가리킨다.
38) 寒螿(한장): 한선(寒蟬), 즉 쓰르라미. 嘶(제): 울다. '啼'와 같다.

호숫가의 실 잣는 노래

복사꽃 흐드러지고 버들 드리우니
가는 허리 고운 얼굴, 향그런 바람 부네
꾀꼬리 노랫소리는 때마침 매끄럽게 흐르는데
대청 위 물레 소리 덜그럭 덜그럭
소년은 쇠 탄환 지니고 말 달리는데
푸른 덮개 친 붉은 배 양 강기슭에 어지럽네
실 뽑으며 종일토록 차마 바라보지 못하는 건
쓰르라미 조만간 가을 휘장 향해 울까봐.

【해제】 물레질하는 여인의 심정을 노래한 악부체의 칠언고시이다. 전반 4구는
봄날 아름다운 여인이 물레질하는 모습을 묘사했다. 제5, 6구는 여인이 마음속으
로 그리는 님을 묘사하였다. 그 님은 양안을 가득 메운 놀잇배에서 행락에 빠져
돌아오지 않는 것으로 보인다. 물레질 하는 여인은 차마 그 곳을 바라보지도 못
한다. 가을이 되면 가을부채처럼 버려질까봐 두렵기 때문이다.

新春和夫子韻

淺綠深黃映遠岑,
乍晴乍雨柳垂陰.
閨人未識春如許,³⁹⁾
猶折梅花不忍簪.

---

39) 如許(여허): 이러하다. 이와 같다.

새 봄 남편의 시에 화답하다

연초록에 진노랑 빛, 먼 산봉우리에 비치고
개었다 비 내렸다하더니 버들이 그늘 드리우네
규방의 여인은 봄이 이런 줄도 모르고서
매화를 꺾고도 차마 머리에 꽂지 못하네

【해제】 노란 꽃 연초록 잎이 만드는 사랑스런 봄 풍경 속에 버들은 점점 자라
무성해진다. 봄은 점점 깊어 가는데 규방의 여인은 그것도 모르고 있다. 매화를
무심코 꺾어들었다가 차마 머리에 꽂지 못하는 것은 그 순간 시절이 한참 지났다
는 것을 깨달았기 때문이다. 고약박은 결혼 후 과거시험에 매진해야 하는 남편과
자주 떨어져 지냈는데 이때의 심경을 표현한 것으로 보인다.

南屛暮雨40)

山深怪雲石,
夜靜多蕭瑟.
鐘梵領松聲,41)
細雨苔新湮.

40) 南屛(남병): 산 이름. 절강성(浙江省) 항주시(杭州市)에 있으며 서호(西湖)의 절경 가
   운데 하나이다.
41) 鐘梵(종범): 절의 종소리와 독경하는 소리.

남병산에 내리는 저녁 비

깊은 산 구름까지 높이 솟은 돌 신기한데
고요한 밤 무척 소슬하여라
산사의 종소리와 염불 소리 솔바람과 어우러지고
가랑비에 이끼는 새로 젖어드네

【해제】 남병산에서 맞이한 비 내리는 저녁 풍경을 그렸다. 전반부는 제목의 남병
산과 저녁이라는 공간과 시간적 배경을 묘사하였다. 후반부는 비를 몰고 온 바람
소리와 비에 젖어드는 이끼를 통해 '비'를 그렸다.

看牡丹遇女郎折靑梅走筆以贈

落盡繁花始放紅,[42]
膩香春粉怯芳叢.[43]
庭前一樹靑梅子,
遮莫傾筐怨晚風.[44]

42) 繁花(번화): 백화(百花), 즉 온갖 꽃.
43) 膩香(이향): 짙은 향기.
44) 遮莫(차막): 어떻게 하나. 아마도. ~하지 말아라. 여기서는 "~하지 말아라"의 뜻으로
   보았다.

모란을 구경하다가 매실을 따는 젊은 여인을 만나, 일필휘지로 글을 지어 주다

온갖 꽃들 다 지자 비로소 붉은 꽃 피워
짙은 향기와 봄단장에 온갖 꽃들이 겁을 먹네
뜨락 앞 한그루 가득한 청 매실 앞에서
바구니 들고 저녁 바람 원망할 필요 없으리

【해제】 제1, 2구는 꽃의 여왕인 모란이 피어나자 온갖 꽃들이 빛을 잃었음을 읊었다. 제3, 4구는 매실을 따는 아가씨에게 혼기 놓칠 걱정은 하지 말라고 말을 건넸다. 제4구는 시경의「표유매(摽有梅)」와 관련 있다. 이 시에서는 "잘 익어 떨어진 매실, 광주리에 다 찼네. 나를 데려갈 도련님은 어서 당장에(摽有梅, 傾筐 墍之. 求我庶士, 迨其謂之)"라고 하여 혼기를 놓친 처녀가 자기를 데려갈 남자가 하루 빨리 나타나기를 간구하는 내용이다. 하지만 고약박의 위 작품에서는 상황이 반대로 읽힌다. 온갖 꽃 떨어졌을 때 모란은 비로소 자태를 드러내며 더구나 매실은 나무 한그루 가득 달려있다. 시인은 아가씨에게 아직 시간은 많다고 말한다. 시인의 넉넉한 성품이 느껴진다.

宮辭

金風拂檻舞衣涼,[45]
露浥芙蓉宮漏長.[46]
紈扇只疑秋再熱,
欄干倚遍憶朝陽.[47]

45) 金風(금풍): 가을바람.
46) 芙蓉(부용): 연(蓮). '부용(夫容)'과 발음이 서로 통하여 남편의 얼굴을 뜻한다.
47) 朝陽(조양): 아침에 막 솟아오른 해.

궁녀의 노래

가을바람이 난간에 불어오니 춤옷 싸늘하고
이슬이 연꽃을 적시니 물시계 소리 길어지네
둥근 비단 부채는 혹시나 가을에 다시 더울까 기대하며
난간에 두루 기댄 채 아침 해를 그리워하네

【해제】 버림받은 궁녀의 쓸쓸한 삶을 노래했다. 버림받은 가을 부채와 같은 신세
인 그녀는 가을에 다시 더워져 부채를 찾지 않을까 부질없는 기대를 한다.

七夕

雲路星橋駕六龍,48)
團團玉露起秋風.49)
獨憐河漢湯湯水,50)
送喜添憂一夜中.

48) 六龍(육룡): 태양신이 타는 수레를 끄는 6마리 용. 여기서는 견우와 직녀를 태운
    수레를 모는 말을 비유함.
49) 團團(단단): 둥근 모양.
50) 河漢(하한): 은하수. 湯湯(탕탕): 물이 넓게 흐르는 모양.

칠석

구름 길 별 다리로 여섯 마리 용 수레 몰아갈 때
둥글둥글 옥 같은 이슬 내리고 가을 바람 일어나네
가련하여라! 넘실넘실 은하수에
기쁨 보내고 우수 더하는 이 하룻밤

【해제】 칠석날 저녁 짧은 재회가 허락된 견우와 직녀의 슬픈 운명을 노래했다.
만남의 기쁨과 이별의 수심이 교차하는 칠석날 밤 정경을 묘사하여 하늘 연인에
대한 작가의 마음을 드러내었다.

擣衣篇51)

自惜盈盈十五餘,52)

不施粉黛歎幽居.

忽驚流浪雙頭鯉,53)

帶得交河一紙書.54)

讀書宛轉愁不息,55)

征人正在天山北.56)

天山高揷磜星流,

漫駕紅鸞過十洲.57)

君掛雕弓控輕騎,

妾聞胡雁怨高樓.

滿眼風光轉眼歇,

昨夜紅顏換白髮.

擣衣聲斷咽霜風,

掩袖啼多慘秋月.

---

51) 擣衣篇(도의편): 악부시의 제목. 남편을 전장으로 보낸 여인이 다듬이질 하며 그리
   워하는 내용을 담고 있다. 당나라 이백(李白), 유희이(劉希夷) 등의 작품이 있다.
52) 盈盈(영영): 용모와 자태가 아름다운 모양.
53) 雙鯉(쌍리): 편지를 칭하는 말. 잉어 모양의 납작한 나무 상자 안에 편지를 넣었기
   때문이라는 설이 있고, 일설에는 비단에 쓴 편지를 잉어모양으로 묶었기 때문이라
   고도 한다.
54) 交河(교하): 지명(地名). 오늘날 신강(新疆) 투르판 서쪽 지역. 두 개의 하천이 만
   나는 벼랑에 위치하여 이렇게 불렀다. 변경의 요새를 두루 가리킨다.
55) 宛轉(완전): 구구절절하다.
56) 天山(천산): 신강(新疆)에 있는 산 이름.
57) 紅鸞(홍란): 신화 전설 속의 붉은 선조(仙鳥). 十洲(십주): 도교(道教)에서 대해(大
   海) 중 신선이 산다는 10곳의 명산(名山) 승경(勝景)을 말한다. 선경(仙境)을 두루
   가리킨다. 『海內十洲記(해내십주기)』에서 "한 무제는 서왕모에게 팔방의 대해 가운
   데에 조주・영주・현주・염주・장주・원주・유주・생주・봉린주・취굴주가 있다는
   말을 들었다. 이 10주는 사람의 발길이 끊어진 곳에 있다(漢武帝既聞王母說八方巨
   海之中有祖洲・瀛洲・玄洲・炎洲・長洲・元洲・流洲・生洲・鳳麟洲・聚窟洲. 有此
   十洲, 乃人跡所稀絶處)"라 하였다.

秋月孤幃漏正長,
香奩寶篋耀華堂.58)
鳴璫四面鴛央結,59)
羅帳團廻錦繡香.
鳴璫羅帳芙蓉錦,
華燭蘭膏明未寢.60)
解將珠鏡光如刀,
留待君來照鴛枕.
飮盡金罍不見君,
湘簾怨臥煙氤氳.61)
羽書猶欲征邊塞,62)
願逐巫山一片雲.63)

58) 香奩(향렴): 분·거울 등의 화장도구를 넣는 작은 상자.
59) 鳴璫(명당): 머리 장신구. 금옥으로 만들어져 부딪히면 소리가 남.
   鴛央結(원앙결): 원앙처럼 맺어지다
60) 蘭膏(난고): 택란(澤蘭)을 정련하여 만든 기름.
61) 湘簾(상렴): 상비죽(湘妃竹), 즉 반죽(斑竹)으로 만든 발. 『초학기(初學記)』권28에
   서는 진(晉) 장화(張華)의 『박물지(博物志)』를 인용하여 "순이 죽자 두 비가 눈물
   을 흘려 대나무를 얼룩으로 물들였다. 비는 죽어서 상수의 여신이 되었기에 '상비
   죽'이라 한다(舜死, 二妃淚下, 染竹即斑. 妃死爲湘水神, 故曰湘妃竹)"라 하였다. 氤
   氳(인온): 안개가 자욱한 모양.
62) 羽書(우서): 새의 깃털이 꽂힌 긴급한 군사문서. 편지.
63) 巫山一片雲(무산일편운): 무산의 구름. 남녀 간의 사랑을 뜻하는 운우지정(雲雨之
   情)을 말한다. 송옥(宋玉)의 「고당부(高唐賦)」에 초(楚)나라 회왕(懷王)이 고당(高
   唐)에 놀러갔다가 꿈에서 신녀를 만나 함께 잤는데, 신녀가 아침에는 구름으로 저
   녁에는 비가 된다고 한 이야기에서 유래하였다.

다듬이질 노래

아리따운 열다섯 살 스스로 아까워하며
화장도 하지 않고 칩거함을 슬퍼하네
문득 헤엄치는 두 마리 잉어에 놀랐네
멀리 교하에서 온 편지가 들어있어서

편지를 읽으니 구구절절 수심 그치지 않는데
길 떠난 님은 지금 천산 북쪽에 계신다네
천산은 높이 솟아 별도 못 넘어가는 곳
붉은 난새 마구 몰아 십주(十洲)를 지나야하네

그대는 조각 장식한 활 걸고서 날랜 말 몰고
이 몸은 기러기 소리 들으며 높은 누대에서 원망하네
눈에 가득한 풍광 순식간에 스러져
어젯밤의 아리따운 얼굴 백발로 바뀌었네

다듬이질 소리 끊기고 서리바람 흐느끼자
소매로 가린 채 흐느껴 울며 가을 달빛에 서러워하네
가을 달 비추는 외로운 휘장에 물시계 소리 막 길어지는데
화장품 상자와 보석 상자가 화려한 집에서 빛나네

사면에 떨잠 소리 울리고 원앙처럼 맺어졌을 때
둥근 비단 휘장 속 수놓은 비단이불에 향기 감돌았지
떨잠에 비단 휘장, 부용 수놓은 이불 덮었으나
난초 기름 등불 속에 새벽까지 잠 못 이루네

아름다운 거울 여니 그 빛이 칼날 같아
님 오시는 날 기다려 원앙 베개 비추리라
금 술병을 다 비워도 그대 보이지 않아
주렴 안에 원망스레 누우니 안개 자욱하네

우서는 여전히 변방으로 날아가니
무산의 한 조각구름이 되길 바라네

【해제】 변방에 있는 남편을 그리는 여인을 노래했다. 떠난 님은 돌아오지 않고
속절없이 세월만 흘러가니 여인은 절망 속에 눈물 흘린다. 머나먼 이역 땅 천산
에 있는 님을 찾아가지도 못하고, 님에게 보낼 옷을 다듬이질하며 홀로 눈물 흘
린다. 결혼해서 함께 했던 공간은 여전한데, 지금은 홀로 잠 못 이루고 술로 시름
을 달래고 있다. 그러나 전쟁은 계속되어 언제 끝날지 알 수 없다. 무산의 구름이
되기를 바라는 그녀의 부질없는 바람 속에는 남편에 대한 간절한 그리움과 이
상황을 바꿀 수 없는 무기력함과 절망감이 엿보인다.

竹枝詞64) 其一

春日遲遲憶下樓,
憶郎同泛木蘭舟.
深情不肯從郎道,
爭怕郎心似妾愁.65)

---

64) 竹枝詞(죽지사): 시체(詩體)의 한 종류. 본래 파촉(巴蜀)의 민가(民歌)에서 유래했으
   며, 당(唐) 유우석(劉禹錫)에 이르러 문인시(文人詩)로 변모하였다.
65) 爭(쟁): 어찌. 어떻게.

댓가지 노래 1

봄날 해는 뉘엿뉘엿 누대에서 내려온 일 기억하니
님과 함께 목란 배 띄웠던 일 생각나네
깊은 정을 님에게 말하고 싶지 않지만
님이 나처럼 근심할까 걱정해서는 아니라오

【해제】 사랑에 빠진 여인의 심사를 다각도로 노래한 것으로 연작시 3수 가운데
첫 번째 시이다. 모두 전반부에서는 추억을, 후반부에서는 님이 부재한 현실을
말하는 이중 구조로 되어있다. 제 1수는 님과의 추억을 회상하며 애틋한 마음을
말하지 못한 까닭은 상대가 근심할까 걱정해서가 아니라고 말하였다. 말 못한
진짜 사연은 무엇인지 드러내어 말하지 않고 감춤으로써 더욱 애틋하고 수줍은
느낌을 자아내고 있다.

竹枝詞 其二

新漲漣漪半綠筠,[66]
憶郎理線釣鮮鱗.
只因驚起鴛鴦鳥,
照水還憐薄命人.

<hr>

66) 漣漪(연의): 잔물결이 이는 모양.

댓가지 노래 2

불어난 물결 넘실넘실 푸른 대나무 반쯤 적시니
님이 낚시 줄 가다듬어 물고기 잡던 일 생각나네
지금은 괜히 원앙만 날아오르니
물에 비친 나는 여전히 박복하여라

【해제】 사랑에 빠진 여인의 심사를 다각도로 노래한 것으로 연작시 3수 가운데
두 번째 시이다. 추억 속에서 님은 낚싯대로 물고기를 잡았지만 지금은 님이 없
어 원망만 놀라서 날아오르고, 물에 비친 나의 모습은 여전히 박복한 그대로라고
탄식하였다.

竹枝詞 其三

朔雪吹花滿竹屛,
憶郎絮薄要添衣.
只緣宜稱無因問,
撥亂殘絲不上機.

댓가지 노래 3

북방의 눈은 꽃에 불어와 대나무 병풍을 가득 채우니
서방님께서 솜이 얇아 옷을 껴입으려 하셨던 일 생각나네.
겨울옷이 괜찮은지 어떤지 물을 길이 없어
짜다 남은 실 고르려 베틀에 오르지 않네

【해제】사랑에 빠진 여인의 심사를 다각도로 노래한 것으로 연작시 3수 가운데
세 번째 시이다. 겨울이 되어 솜옷을 껴입던 님을 생각하며 겨울옷을 지으려다
도 지금 사정이 어떤지 물을 방법조차 없어 짜던 실조차 팽개치는 무료한 심정을
표현하였다.

권 2

묻노니 뜰 앞의 봄은 얼마나 되나
꽃 사이를 지나온 나비는 향기 머금고 날아가네

―병상에서 일어나

憶夫子

日長春盡草芊芊,[67]
蘭砌香生欲暮天.
千結離愁無地語,
支頤漫自記當年.[68]

67) 芊芊(천천): 풀이 우거진 모양.
68) 支頤(지이): 턱을 괴다.

남편을 그리며

해가 길어지며 봄이 다하니 풀이 무성하고
섬돌계단에 난향이 이니 날이 저물려 하네
수 천 번 응어리진 이별의 수심을 토로할 곳도 없어
턱 괴고 하염없이 그 때를 기억하네.

病中詠 其一

林花昨夜已舒紅,
雨過應知色是空.[69]
寄語世人須著意,
莫教春盡怨東風.

---

69) 色是空(색시공): 불교용어로 색즉시공(色卽是空). 세상에 형태가 있는 것은 모두 인연(因緣)으로 생기는 것인데, 그 본질은 본래 허무(虛無)하다는 의미.

병중에 읊조리다 1

숲 속의 꽃 어젯밤에 이미 붉게 피었는데
비가 오고 나니 그 모습 허상임을 알겠네
세상 사람에게 명심하라고 말하려네
봄이 간다고 봄바람 원망하지 말라고

【해제】병에 걸려 무료하고 고통스러운 심정을 표현한 작품으로 연작시 3수로
구성되었다. 본서에서는 제 1수와 2수를 뽑았다. 제 1수는 병중에 느낀 감회를
표현했다. 한 차례 비가 지나갔으니 일찍 핀 꽃들은 색이 바랠 것이다. 그러나
비가 내리는 것도 필연이니 비를 탓할 수는 없다. 그래서 시인은 세상 사람들에
게 봄을 다 날려 보낸다고 봄바람을 원망해서는 안 된다고 당부하고 있다. 이러
한 당부는 물론 시인 자신을 향한 것이며, 실제 의미는 자신의 질병을 가리키고
있는 것으로 보인다. 생로병사가 자연의 흐름이라면 이를 역행하거나 피할 수는
없는 노릇이다.

病中詠 其二

霏霏夜雨洗苔錢,[70]
寥落空庭叫杜鵑.
惆悵望夫山路杳,[71]
莫將殘漏攪殘眠.[72]

70) 霏霏(비비): 부슬부슬 내리는 비나 눈발이 가는 모양. 또는 비나 눈이 끊이지 않는 모양. 苔錢(태전): 동전 같이 형태가 둥근 이끼 자국. 남조(南朝) 양(梁)나라 유효위(劉孝威)의 「원시(怨詩)」에 "붉은 뜰에서 비스듬히 풀길 이어지고, 흰 벽에 둥근 이끼 자국이 점점이 찍혀있네(丹庭斜草徑, 素壁點苔錢)"라는 구절이 보인다.
71) 望夫山(망부산): 고적(古迹)의 명칭. 중국 각지에 분포한다. 가장 확실한 것은 요녕성(遼寧省) 흥성시(興城市) 서남쪽에 있는 망부산(望夫山)이다. 민간 전설 가운데 꾸준히 이어져 내려오는 이야기로, 진(秦)나라 때 맹강녀(孟姜女)가 남편이 돌아오기를 기다렸던 곳이라고 한다.
72) 殘漏(잔루): 새벽녘이 끝나갈 무렵의 물시계.

병중에 읊조리다 2

부슬부슬 내린 밤비는 둥근 이끼 자국을 씻어내고
쓸쓸한 텅 빈 뜰에는 두견새 우는구나
망부산(望夫山) 가는 길 아득한 것을 슬퍼하니
잦아드는 물시계 소리로 새벽 잠 어지럽히지 말라

【해제】 병에 걸려 무료하고 고통스러운 심정을 표현한 작품으로 연작시 3수 가운
데 두 번째 시이다. 비가 지나가고 더욱 쓸쓸해진 풍경을 표현하면서 죽은 남편에
대한 애틋한 그리움과, 새벽녘까지 물시계 소리에 잠들기 힘든 상황을 표현했다.

對月

一自天傾斂翠蛾,73)
數將心事問嫦娥.
書成兩箇相思字,
欲向泉臺寄得麼.74)

---

73) 天傾(천경): 『열자 · 탕문(列子 · 湯問)』에 따르면 옛날 공공(共工)이 부주산(不周
   山)을 들이받아 하늘 기둥이 부러져 하늘이 서북쪽으로 기울었다고 한다. 여기서는
   남편의 죽음을 의미한다.
74) 泉臺(천대): 묘혈(墓穴). 저승을 가리킴. 麼: 의문을 나타내는 어미, 현대중국어의
   '嗎'와 같다.

달을 마주하고

하늘이 기울어져 눈썹 찌푸린 이래로
이 소원 누차 항아에게 물었지
그립다 두 글자 써서
저승에 부칠 수 있는지?

【해제】 세상을 떠난 남편에 대한 애틋한 그리움의 심정을 표현하였다. 그리움을
'상사(相思)'라는 두 글자로 집어낸 것과 또 이를 편지처럼 저승에 부친다고 말한
점이 기발하면서도, 그 불가능을 생각해보면 더욱 애처롭게 느껴진다.

漫題[75)]

貝葉閒翻夕倚樓,[76)]
不爭萬斛上心愁.[77)]
春來怕蹴階前草,
盡日簾紋不控鉤.

75) 漫題(만제): 손 가는 대로 쓴 글자 혹은 글.

76) 貝葉(패엽): 불경을 칭하는 말. 본래 다라수(多羅樹) 잎을 뜻한다. 다라수는 야자나무과 상록 교목으로, 고대 인도인들이 그 잎에 경전을 적었으므로 이를 빌어 불경을 지칭하였다.

77) 不爭(부쟁): 1)염두에 두지 않는다. 논하지 않는다. 2)진실로, 정말로. 3)다만 ~하기 때문이다. 등의 뜻이 있다. 여기서는 '나도 모르게'라는 의미로 쓰였다.
萬斛(만곡): 양이 무수히 많음을 형용하는 말. 고대에는 10두(斗)로써 1곡(斛)을 삼았는데, 남송(南宋) 말년에 10두를 5두로 바꾸었다.

손 가는 대로

불경을 한가로이 뒤적이다 저녁에 누대에 기대었더니
나도 모르게 만 말의 수심이 생기네
봄이 오면 계단 앞 풀 밟기 두려워
종일토록 주렴을 걷지 못하네

【해제】 봄날 느끼는 수심을 표현하였다. 수심이란 당연히 이미 세상을 떠난 남편
에 대한 그리움일 것이다. 수심에 빠진 채 헤어 나오지 못하는 모습을 보여준다.

延師訓女或有諷者故作解嘲

二儀始分,[78]
肇經人倫.
夫子制義,
家人女貞.
不事詩書,
豈盡性生.
有媼諷我,
婦道無成.
延師訓女,
若將求名.
舍彼女紅,[79]
誦習徒勤.
余聞斯語,
未得吾情.
人生有別,
婦德難純.
詎以閨壼,[80]
弗師古人.
邑姜文母,[81]
十亂竝稱.[82]

78) 二儀(이의) : 천지. 일월.
79) 女紅(여홍) : 여공(女工), 여공(女功), 여사(女事). 여인이 하는 바느질.
80) 閨壼(규곤) : 내궁(內宮), 천자의 육궁(六宮). 여인의 내실. 여인.
81) 邑姜(읍강) : 강태공 여상(呂尙)의 딸로 주무왕(周武王)의 왕후가 되었으며, 주성왕
   (周成王)과 당숙우(唐叔虞)의 모친이다. 文母(문모) : 주문왕의 왕비. 후비(后妃).
82) 十亂(십란) : 황제를 보좌하는 10명의 재능이 있는 사람.

大家有訓,
內則宜明.83)
自愧僤愚,
寡過不能.
哀今之人,
修容飾襟.
弗端蒙養,84)
有愧家聲.
學以聚之,
問辯硏精.
四德三從,85)
古道作程.
斧之藻之,
淑善其身.
豈期顯榮,86)
愆尤是懲.87)
管見未然,
問諸先生.

83) 內則(내칙) : 《예기》의 한 부분으로 남녀가 부모와 시부모를 모시는 방법을 주로
　　 기록하였다. 가정에서 지켜야하는 예의 규칙.
84) 蒙養(몽양) : 아이에게 가르치는 초보적인 교육.
85) 四德三從(사덕삼종) : 즉 삼종사덕(三從四德), 중국 고대에 여인이 갖추어야할 품덕.
　　 삼종은 종부(從父), 종부(從夫), 종자(從子)를 사덕은 부덕(婦德, 품덕), 부언(婦言,
　　 말), 부용(婦容, 모습), 부공(婦工, 일)을 가리킨다.
86) 顯榮(현영) : 입신출세하여 부귀하게 되다.
87) 愆尤(건우) : 과실, 허물.

스승을 초빙하여 딸을 가르치는데 비꼬는 이가 있어 일부러 시를 지어 변명하며

천지가 처음으로 나누어지고
비로소 인륜이 시작되었으니
공자께서 예의를 제정하고
집안의 딸이 정숙하였네

시서를 익히지 않고
어찌 본성을 다하랴?
어떤 부인이 나를 풍자하기를
부인의 도리를 못했다고 하네

스승을 초빙하여 딸을 가르치는 것이
장차 명예를 추구하는 것이라며
저 여인의 할 일을 버려두고
헛되이 송독에 힘쓴다고 하네

내가 이 말을 듣고
마음이 편치 않았으니
인생에는 구별이 있어서
부인의 덕은 순결하기 어렵구나!

어찌 여인으로서
옛사람을 스승으로 섬기지 않는가?
강태공의 딸과 주 문왕의 왕비는
10대 인재로 나란히 호명되었네

명문가에는 가훈이 있고
내칙은 명확해야 마땅하리니
어리석은 것 스스로 부끄럽고
실수 없는 것 잘하지는 못하네

지금 사람을 슬퍼하나니
얼굴 단장하고 옷을 꾸며
아이를 가르치는데 잘못하여
가문의 명성에 부끄럽네

배움으로 모이고
질문과 변별로 열심히 연마해야 하니
사덕과 삼종을 따르며
옛 도리로 이정표를 삼으리

다듬고 장식하여
몸을 맑고 아름답게 했으니
어찌 입신출세를 기약할까
허물이 있으면 처벌을 받을 터

좁은 소견으로 그렇지 않아
여러 선생에게 물어보려네

【해제】 여자 아이도 교육 시켜야 합당하다는 자신의 주장을 펼친 시로 4언으로 되어있다. 양웅(揚雄)의 「해조(解調)」를 염두에 두고 쓴 것으로 생각되며, 형식상 소체류(騷體類)에 속하는 것으로 보인다. 고약박은 남편의 사망 이후 시아버지 황여형(黃如亨)으로부터 폭넓은 문학교육을 받아, 당시 여성들이 잘 접하지 않았던 역사서와 제자백가(諸子百家) 부류의 글까지 섭렵하였다. 이러한 독서경험 때문에 이와 같은 다소 독특한 시 형식을 구사할 수 있었던 것으로 생각된다.

내용면에서도 이 작품은 '여성 교육의 중요성'을 정면으로 제기하고 있다는 점에서 주목할 만하다. 글을 읽고 시를 쓰는 것은 여성으로서 해도 괜찮은 일일 뿐 아니라, 더 나아가 훌륭한 여성이 되기 위해 반드시 거쳐야 할 과정으로 보았다. 강태공의 딸과 주문왕의 왕비도 현명하여 국가의 인재로 꼽혔음을 예로 들며 여성 교육의 정당성을 입증하는 한편, 삼종과 사덕을 따른다고 하여 당시 유가사회의 예법 준칙을 넘어서지 않음을 강조하였다.

新月

花壓欄干山月生,
相看酬和意偏淸.[88]
自言離別添憔悴,
一對淸輝一淚盈.

88) 酬和(수화): 시(詩)나 사(詞)로 화답하다. 偏(편): 매우, 몹시.

초승달

꽃이 난간을 압도하고 산에 달 솟을 때
서로 바라보며 화답하니 마음은 더욱 맑아라
이별로 점점 초췌해졌다 혼잣말을 하니
맑은 달빛 대하자마자 눈물이 그렁그렁

【해제】 초승달을 바라보며 달을 벗 삼아 노래한 시이다. 이 시를 지었을 때는
남편을 떠나보낸 지 이미 여러 해가 지난 것으로 보인다. 함께 시를 짓고 화답해
줄 사람이 없자 달을 벗 삼아 말을 건넨다. 자신의 초췌한 모습조차 보아줄 사람
이 없다는 생각이 들자 달빛만 바라보아도 눈물이 솟아난다.

坐臥月軒89) 其一

臥月人何在,
明珠界玉痕.
一從鸞鏡破,90)
無復對淸尊.

---

89) 臥月軒(와월헌): 남편이 살아생전에 함께 살던 집에 붙인 이름으로 보인다.

90) 鸞鏡(난경): 난새를 조각한 거울. 일반적으로 여자들이 화장할 때 사용하는 거울을
   가리킨다. 범태(范泰)의 「난조시서(鸞鳥詩序)」, "계빈왕은 고운 빛깔의 난새를 얻어,
   그 울음소리를 듣고 싶어 하였으나 이루어지지 않았다. 부인이 말하기를 '듣자하니
   새는 같은 부류를 보면 운다고 하던데, 거울을 달아 그것을 비추면 어떨까요?'라고
   하였다. 왕은 그 말을 따랐고, 난새는 거울에 비친 그림자를 보더니 슬피 울었다.
   그 애달픈 소리가 하늘을 가득 채우고는 한 번 떨쳐 날더니 숨이 끊어졌다(罽賓王
   獲彩鸞鳥, 欲其鳴而不能致. 夫人曰, 嘗聞鳥見其類而後鳴, 何不懸鏡以映之. 王從其言,
   鸞睹影悲鳴, 哀響中霄, 一奮而絶.)." 이로 말미암아 거울을 난경(鸞鏡)이라 하였다.
   여기서는 난새 거울이 깨졌다는 것으로 부부의 이별을 말한다. 고대의 청동거울은
   원형으로 생겼는데 이를 반으로 쪘다는 의미로 『신이경』(神異經)에 "예전에 부
   부가 이별 할 때 거울을 깨뜨려 각기 반을 들고 신표로 삼았다"(昔有夫婦將別, 破
   鏡, 人執半以爲信.)는 기록이 보인다.

와월헌에 앉아 1

함께 달 아래 누웠던 사람 어디에 있나
밝은 구슬 같은 달과 이지러진 옥 같은 신세로 나뉘었네
난새 거울 깨진 후로
다시는 맑은 술잔 두고 마음을 나눌 수 없어라

【해제】 오래전에 세상을 떠난 남편을 그리워하며 쓴 시로 2수의 연작시 가운데 첫 번째 작품이다. 남편이 작고한 후에는 술조차 마실 수 없었음을 토로하였다. '와월헌에 앉아'라는 시의 제목은 상징적 의미가 있는 것으로 생각된다. 와월헌은 본래 남편이 주로 거처하는 집안 건물에 붙인 이름이었는데, 남편이 세상을 떠나게 되자 그 자리를 부인인 고약박이 대신 맡게 되었다. 한 집안의 주인이 되는 것은 결코 원했던 일도 아니었고, 여기에 이르기까지 고된 삶의 연속이었다. 이제는 조금 여유가 생겨 뒤를 돌아볼 만한데, 그럴수록 더욱 더 먼저 세상을 떠난 사람의 빈자리가 크게 느껴지는 순간이다.

坐臥月軒 其二

昔年臥月月生輝,
今夕清輝冷翠幄.
珍重嫦娥多著意,[91]
幾時還照玉人歸.

91) 珍重(진중): 소중하게 여기다. 진귀하다. 존중하다. 정중하게 경고하다. 정중하다. ~
하기 어렵다. 다행히. 著意(저의): 집중하다. 마음을 쓰다. 마음에 맞다. 주의를 기
울이다.

와월헌에 앉아 2

지난해 와월헌에 뿌리던 달빛
오늘 저녁 그 달빛에 푸른 휘장 싸늘하네
다행히도 항아는 정말 다정다감하지만
어느 때나 다시 돌아오는 님을 비출까?

【해제】 오래전에 세상을 떠난 남편을 그리워하며 쓴 시로 2수의 연작시 가운데
두번째 작품이다. 달빛은 다정다감하여 분명, 돌아오는 사람을 비춰줄 것 같다.
그런데 세상을 떠난 사람이 돌아올 수 있을까? 시인은 마치 죽은 사람이 아니라,
잠시 여행을 떠난 사람이 돌아오기를 기다리기라도 하듯 애틋한 기다림 속에서
시를 썼다.

觀梅月下意夫或乘雲而來 其一

綠英媚月更芳姸,[92]
暗暗離人夜不眠.[93]
燭把羽觴歌白雪,[94]
素琴邀月待梅仙.[95]

92) 綠英(녹영): 녹색의 꽃봉오리. 흰 매화 중에서 꽃봉오리 빛깔이 약간 초록빛이 도는 종류가 있다.
93) 暗暗(암암): 고요한 모습.
94) 羽觴(우상): 중국 고대 술을 담는 용기. 타원형으로 납작하며 양 손잡이가 달려있다. 이배(耳杯)라고도 한다. 白雪(백설): 옛날 거문고 곡. 고상하고 우아한 시를 비유한다.
95) 素琴(소금): 아무 장식을 하지 않은 거문고. 梅仙(매선): 매복(梅福). 한(漢) 구강군(九江郡)의 수춘(壽春)사람. 남창(南昌)에서 위관(尉官)을 지내다가 왕망(王莽)이 집권하자 은거하였다. 후세에 그가 신선이 되었다는 전설이 전해진다.

달빛 아래 매화를 보니 꼭 남편이 구름타고 오시는 듯 1

녹색 꽃봉오리 어여쁜 달 아래 더욱 고와
이별한 나 왠지 모르게 잠 못 이루네
등불 아래 술잔 들고 백설가를 노래하니
거문고로 달을 불러 매화 선인을 기다리네

【해제】 달빛 아래에서 매화를 구경하면서 쓴 연작시 2수 가운데 첫 번째 작품이
다. 세상을 떠난 남편이 곧 돌아올 것 같은 착각이 들어 애틋한 그리움의 마음으
로 시를 썼다.

觀梅月下意夫或乘雲而來　其二

好景添愁易,
新詩寫恨難.
對花花不語,
問月月生寒.

달빛 아래 매화를 보니 꼭 남편이 구름타고 오시는 듯 2

아름다운 경치는 쉬이 근심을 보태어
새로 지은 시에 한을 표현하기 어렵구나
꽃을 대하나 꽃은 말이 없고
달에게 물으니 달은 차갑기만 하네

【해제】 달빛 아래에서 매화를 구경하면서 쓴 연작시 2수 가운데 첫 번째 작품이
다. 애틋한 마음으로 남편을 그려보지만 차가운 달과 말없는 꽃이 야속하기만
하다.

擬古兩頭纖纖詩[96] 其一

兩頭纖纖玉女梭,[97]
半白半黑揚秋波.
腷腷膊膊風雨過,
磊磊落落櫻桃顆.

96) 兩頭纖纖詩(양두섬섬시): 7언 4구의 시. 매 구의 앞 4글자는 '兩頭纖纖(양 끝이 가늘고 길다)'·'半白半黑(반은 희고 반은 검은)'·'腷腷膊膊(소리가 솟았다 가라앉았다하며 계속 나는 것을 형용하는 말)'·'磊磊落落(하나하나 분명한 모양)'으로 정해져있고, 뒤의 3글자를 채워 넣는 형식이다. 앞 4글자는 사물의 특징을 형용하는 말이며, 뒤에 채워 넣는 3글자는 앞 4글자의 특징을 지닌 사물을 표현해야 한다.

97) 玉女(옥녀): 옥같이 아름다운 여인. 선녀. 梭(사): 베틀 북.

「양쪽이 뾰족한 것은(兩頭纖纖詩)」을 본떠 1

양 끝이 가느다란 미인의 베틀 북
반쯤 희고 반쯤 검은 추파를 던지네.
휘잉 휘잉 비바람 지나가니
한 알 두 알 앵두 알 떨어지네

【해제】 양끝이 가늘고 뾰족한 사물에 대해 노래한 것으로 3수의 연작시 가운데 첫 번째 작품이다. 가족들과 친목을 다지며 누가 더 빨리, 기발한 아이디어로 주어진 과제를 완성하는가에 열을 올렸을 것이다. 의성어와 의태어가 가미된 이 시는 친근한 느낌을 주며 우리에게 익히 알려진 심오한 고전시가와는 많은 차이를 보여준다. 이러한 시는 시 짓기가 서툰 초보자들도 쉽게 참여할 수 있었을 것으로 생각된다. 제 1수는 앞부분에서 미인이 사용하는 베틀 북을 노래했고 뒷부분에서는 비바람에 떨어지는 앵두 알을 노래했다. 전체적으로 시간이 흘러가는 것을 원망하며 유혹하는 미인의 모습이 가벼운 필치로 그려졌다.

擬古兩頭纖纖詩 其二

兩頭纖纖舴艋舟 98),
半白半黑雲氣浮.
膈膈膊膊擣素秋 99),
磊磊落落安石榴 100).

98) 舴艋舟(책맹주): 작은 배.
99) 素秋(소추): 가을. 오행(五行)에서 가을은 금(金)에 해당하며 오색 중 흰색에 속하므
   로 '소추(素秋)'라 부른다.
100) 安石榴(안석류): 석류(石榴)를 말함. 고대에 안식국(安息國, 현재 이란의 동북부)에
   서 생산되었으므로 이렇게 불렀다.

「양쪽이 뾰족한 것은(兩頭纖纖詩)」을 본떠 2

양끝이 가느다란 조각배
반쯤 희고 반쯤 검은 뜬구름
똑딱똑딱 가을 다듬이질 소리에
한 알 두 알 석류가 영글어가네

【해제】양끝이 가늘고 뾰족한 사물에 대해 노래한 것으로 3수의 연작시 가운데
두 번째 작품이다. 앞부분은 뜬 구름 흘러가는 하늘 아래 조각배가 떠가는 모습
을 담았고 뒷부분은 다듬이질 소리와 영글어가는 석류 알로 마무리하였다.

擬古兩頭纖纖詩 其三

兩頭纖纖玉燕釵,[101]
半白半黑鬢雲排.
膈膈膊膊管弦偕,
磊磊落落曙星開.[102]

101) 玉燕釵(옥연채): 비녀의 이름.『동명기(洞冥記)』권2, "신녀가 옥비녀를 남겨 황제께
    드렸는데, 황제께서 이를 조첩여에게 주셨다. 소제 원봉 연간(B.C. 80~B.C. 70)에
    궁인이 여전히 그 비녀를 보았다. 황침이 이를 탐냈다. 다음날 이것을 보려고 패물
    함을 열었더니, 흰 제비가 하늘로 날아올라갔다. 후에 궁인들이 이 비녀 만드는 법
    을 배웠으니, 이 때문에 '옥연채'라 이름하였으며, 상서롭다는 말이다(神女留玉釵以
    贈帝, 帝以賜趙婕妤. 至昭帝元鳳中, 宮人猶見此釵. 黃誅欲之. 明日示之, 卽發匣, 有
    白燕飛昇天. 後宮人學作此釵, 因名玉燕釵, 言吉祥也)."
102) 曙星(서성): 새벽별. 대개 금성(金星)을 말한다.

「양두섬섬시(兩頭纖纖詩)」를 본뜨다 3

양 끝이 가느다란 옥비녀
희고 검은 귀밑머리 가지런히 빗었네
딩딩 댕댕 관악기 현악기 소리 아름답게 울리는데
하나 둘 새벽별이 나오네

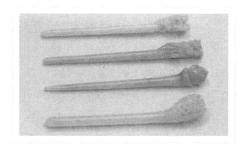

【해제】 양끝이 가늘고 뾰족한 사물에 대해 노래한 것으로 3수의 연작시 가운데
세 번째 작품이다. 전반부에서는 옥비녀를 가지런히 머리에 꽂은 미인의 모습을
제시하였고, 후반부에서는 현악기 소리와 함께 점차 날이 밝아 옴을 노래하였다.

初夏夜過城河

夜月涼如水,
停雲吐夕輝.[103]
野塘蓮影合,
蘭漿與波歸.

---

103) 停雲(정운): 연작시 4수로 구성된 도연명(陶淵明)의 4언체 시이다. 시의 서문에 '정
운(停雲)은 친구를 그리워함이다(停雲, 思親友也)'라고 하였다. 벗에 대한 그리움과
암담한 시국에 대한 걱정을 담고 있다.

초여름 밤 해자를 건너며

밤 달이 물처럼 서늘한데
먹구름은 밤빛을 토해내네
연못에 연 그림자 합쳐지니
목란 노 저으며 물결과 더불어 돌아가네

【해제】 초여름 밤에 해자를 건너며 바라본 풍경을 묘사하였다. 제 1, 2구는 멀리
보이는 경치를, 제 3, 4구는 가까이 보이는 경치를 그렸다. 밤에 본 달빛의 느낌
을 물에 비유한 것이 인상적이다.

琴歌

余素不解音律, 嘗畜琴以自娛,[104] 年來則弗視也. 新春抱痾, 志念伊鬱, 幼女
埠靜, 室折夭桃, 拭几焚香, 彈琴榻右, 其聲鏗鏗. 余亦强起彈之, 凄然不和.
豈琴亡耶. 因之流涕, 罷琴而歌. 歌曰,[105]

琴兮琴兮琴聲凄,
琴聲凄兮思欲迷,
子期去兮知音稀.[106]
流水潺潺盡日啼,[107]
別來不學凄涼調,
何事絲桐添慘悽.[108]

104) 畜(축): 간직하다. '蓄'과 같다.
105) 伊鬱(이울): 마음속에 근심과 불만이 가득하다. 울결하다. (가슴에) 맺히고 엉키다.
     亡(망): 망(忘)과 통함.
106) 자기(子期): 종자기(鍾子期). 춘추시대(春秋時代) 거문고의 명수인 백아(伯牙)의 거
     문고 연주를 가장 잘 알아듣던 사람. 그가 죽은 뒤 백아는 다시 거문고를 켜지 않
     았다고 한다.
107) 潺潺(잔잔): 시냇물이나 샘물 등이 흐를 때 나는 소리.
108) 絲桐(사동): 거문고의 별칭.

거문고 노래

나는 본래 음률을 알지 못하였다. 일찍이 거문고를 마련해두고 혼자 즐겼는데, 근년에는 쳐다보지도 않게 되었다. 새봄에 병을 앓고 마음이 갑갑했는데, 어린 딸이 깨끗이 청소하고 고운 복사꽃을 방에다 꺾어놓은 뒤, 탁자를 닦고 향을 사르며 걸상 오른편에서 거문고를 타는데 그 소리가 쟁쟁 울렸다. 나 또한 억지로 일어나 연주해보았지만, 슬프기만 하고 어우러지지 않았다. 어찌 거문고를 잊게 되었나! 이에 눈물 흘리며 연주를 그치고 노래한다.

거문고야, 거문고야, 그 소리 처량하구나
거문고 소리 처량하여 그리움은 아득하여라
종자기 떠나고 나니 지음이 드물어
졸졸 흐르는 물소리에 온종일 울었네
이별 뒤 처량한 곡조는 탄 적이 없건마는
어인일로 거문고는 슬픔을 더하는가

【해제】 오랫동안 사용하지 않은 거문고를 꺼내어 연주하게 된 경위를 서문에서 밝히고, 뜻하지 않게 슬픈 가락이 흘러나와 갑작스럽게 해묵은 슬픔을 맞이한 심정을 노래하였다. 여기서 지음이란 남편을 가리킨다. 남편과 사별한 뒤 슬픈 곡조는 연주한 적이 없었건만, 오랜 만에 잡아본 거문고는 저절로 작자의 슬픈 마음을 퉁겨준다.

病起

朝來試鏡不勝衣,
煮得金芽半啟扉.[109]
借問庭前春幾許,
度花蛺蝶領香飛.

병상에서 일어나

아침 되어 거울 보니 옷도 버거운데
차 끓이며 문 반 쯤 열어두었네
묻노니 뜰 앞의 봄은 얼마나 되나
꽃 사이를 지나온 나비는 향기 머금고 날아가네

【해제】 병상에 누웠다가 몸을 추스르고 난 뒤의 감상을 노래했다. 몸에 걸친 옷 조차 이기지 못할 만큼 허약해졌으나, 병마는 그런대로 물러났다. 앓는 동안 봄 이 얼마나 깊었는지 궁금해 문을 열어두었다. 시인은 문득 나비의 향기로운 날개 짓에서 문 밖에 와 있는 봄을 깨닫는다.

山桃

桃花爛漫爲誰開,[110]
採藥劉郎去不來.[111]
還有春風不解意,[112]
更吹紅紫沒階苔.

110) 爛漫(난만): 무성한 모양. 색과 빛이 곱고 화려한 모양.
111) 劉郎(유랑): 동한(東漢)의 유신(劉晨). 일반적으로 여인이 사모하나 돌아오지 않는
    남성을 가리킨다. 『신선전(神仙傳)』과 『속제해기(續齊諧記)』에 기재된 바에 따르면,
    동한(東漢) 명제(明帝) 영평(永平: 58~75)년간에 섬현(剡縣)의 유신(劉晨)과 완조(阮
    肇) 두 사람이 천태산(天台山)에 약을 캐러 들어갔다가 선녀를 만나 부부의 예를
    치르고 반년 간 머물다가 고향에 돌아가니, 이미 7대손이 사는 세상이 되어있었다
    고 한다.
112) 解意(해의): 내 마음을 이해하다.

산 복숭아 꽃

흐드러진 복사꽃 누굴 위해 피었나
약 캐러 간 유랑은 돌아오지 않네요
게다가 봄바람은 내 마음 알지 못하고
또 붉은 꽃 떨어뜨려 섬돌 이끼 덮어버리네

【해제】 아무도 볼 사람 없는 곳에 핀 복사꽃을 노래했다. 활짝 핀 꽃은 떠난 님을 기다리며 속절없이 자신의 가장 아름다운 시절을 보내는 시인의 모습이다. 바람에 떨어지는 꽃의 신세가 시인의 신세와 겹친다. 돌아올 기약 없는 남편, 속절없이 흐르는 시간, 시인의 마음은 갈피를 잡을 수 없다.

秋夜讀史

六出奇謀美丈夫,[113]
只今尺土姓劉無.
一聲長嘯月西墜,
驚起慈烏愁鷓鴣.[114]

---

113) 六出奇謀(육출기모): 육출기계(六出奇計). 한(漢) 고조(高祖) 유방(劉邦)이 천하를 평
정할 때 도움을 준 진평(陳平)이 제시한 여섯 가지 기이한 묘책. 《사기 · 진승상
세가(史記 · 陳丞相世家)》에 "모두 여섯 차례의 기이한 계책을 내어 그때마다 번
번이 식읍(食邑)이 더해졌으며, 여섯 차례 모두 작위를 더 높여 주었다. 그 기이한
계책은 몹시 신묘하여 세상에 알려지지 않았다(凡六出奇計，輒益邑，凡六益封. 奇
計或頗秘，世莫能聞也)"라는 기록이 있다.

114) 慈烏(자조): 새끼가 어미에게 먹이를 날라 먹이는 자애로운 새라는 뜻으로, 까마귀
를 가리킨다. 鷓鴣(자고): 꿩과에 딸린 새. 메추라기와 비슷함.

가을 밤 사서(史書)를 읽다

여섯 가지 기묘한 계책을 낸 훌륭한 장부 진평(陳平)도 있었으나
지금은 한 치 땅도 유씨가 가진 곳 없네
한 자락 긴 휘파람에 달은 서쪽으로 기울고
까마귀 놀라 날며 자고새 수심에 젖네

【해제】 가을 밤 역사서를 읽으며 생긴 감회를 노래하였다. 빼어난 기지와 담략으로 한(漢) 고조 유방(劉邦:?-B.C. 195)을 도왔던 진평은 물론 천하를 열었던 유방 또한 아득한 역사의 뒤안길로 사라졌다. 1,800년이라는 시간이 지난 후 고약박이 생존한 시대에는 이미 한나라의 흔적이 전혀 남아있지 않다. 도도히 흘러가는 역사의 흐름에 탄식하며 시인은 길게 휘파람을 불어본다. 명말에 급증한 글을 쓰는 여성 사이에서도 이와 같이 역사서를 읽고 감회를 서술하는 것은 거의 고약박 만의 독특한 경우로 보인다. 고약박은 이와 같이 전통적으로 남성들의 시적 주제였던 역사에 대한 평가에 관심을 가졌다.

感懷

不堪愁病强搔頭,[115]
二十三年感百憂.
却也不知方寸內,
如何容得許多愁.

115) 搔頭(소두): 머리를 긁다. 마음이 괴로울 때 하는 동작.

감회

수심으로 인한 병을 견딜 수 없어 억지로 머리 긁으니
스물 세 해 수없는 근심 느껴지네
그런데도 모르겠구나, 한 치도 안 되는 이 가슴에
어떻게 그 많은 수심을 품고 있는지

【해제】 끝없는 수심을 노래했다. 이러한 유형의 시를 보면 명말의 많은 여성들에
게 시의 창작이 '수심 해소'를 위한 일종의 방편이 되기도 했음을 알 수 있다.
시인은 스물 세 해를 살아오는 동안 감당 못할 만큼의 많은 수심들이 찾아왔음을
토로하였다. 제 3구는 짧은 시에서 일종의 전환이 일어나는데, 자신의 수심에
일종의 거리두기를 하면서, 한 치도 안 되는 '마음'이라는 것 안에 어떻게 그
많은 수심이 다 들어가 있는지 모르겠다며 너스레를 떨고 있다. 시 쓰기를 통해
시인은 이와 같이 수심을 다독이고 들여다보며 고통으로부터 해탈했으리라.

春雪

春來素雪遍樓臺,
吹得飛花點竹苔.
獨擁寒爐煮山茗,
梅花檻外送香來.

봄 눈

봄이 오니 흰 눈은 온 누대를 뒤덮다가
날리는 눈꽃이 대나무에 이끼처럼 점점이 떨어지네
홀로 차가운 화로 끌어안고 찻잎 끓이는데
매화는 난간 밖에서 향기를 보내오네

【해제】 봄눈이 내리는 경치를 보면서 차를 마시는 정취를 읊었다. 봄눈과 대나무, 찻잎의 향과 매화의 향이 어우러져 눈 속에도 전해지는 봄기운이 느껴진다.

立春夜作 其一

疏影離離度暗香,[116]
數聲銅管喚春光.
知他來日韶華徧,[117]
誰共開簾看燕忙.

---

116) 疏影(소영), 暗香(암향): 성긴 나뭇가지 그림자와 그윽한 향기라는 뜻으로 매화의 자태와 향기를 묘사하는 말이다. 널리 매화를 대신하는 말로 쓰인다. 송(宋)나라 임포(林逋)의 시 「산원소매(山園小梅)」, "성긴 가지 가로 비껴 물은 얕고 맑은데, 그윽한 향기 달빛 서린 황혼에 떠도네.(疏影橫斜水淸淺, 暗香浮動月黃昏)"라는 구절에서 유래하였다. 離離(리리): 흔들리다. 나부끼다. 나풀거리다.
117) 韶華(소화): 아름다운 봄빛. 봄의 경치.

입춘 밤에 짓다 제1수

성긴 매화가지 그림자 흔들리며 매화 향기 건너오니
쇠피리 가락이 봄빛을 부르네
내일이면 봄빛이 세상에 널리 퍼지겠지만
누구와 함께 발을 열고 바쁘게 나는 제비 바라보랴

【해제】 입춘 밤에 다가오는 봄을 느끼며 지은 시이다. 매화꽃이 핀 것을 보며 곧 깊어질 봄을 예감하지만 함께 할 사람이 없어 마냥 기쁘지는 않은 심정을 읊었다.

立春夜作 其二

撥炭添香拂暗塵,
翻憐燭淚作雙顰.
詩成不協相思韻,
起簇春盤學賽神.[118]

---

118) 簇(족): 모이다. 春盤(춘반): 고대 풍속에서는 입춘(立春)을 맞이하여 노란색 부추, 신선한 과일과 말린 과일, 밀가루 과자와 떡 등을 모아 먹었는데, 이 음식을 담은 쟁반을 춘반이라 한다. 賽神(새신): 제사상을 차려놓고 신에게 술을 올리다.

입춘 밤에 지음 제2수

숯불 뒤적이고 향을 더하면서 먼지를 털다가
도리어 두 줄기 눈물짓는 촛농이 가여워지네.
시가 지어져도 그리움의 운치와 맞지 않기에
일어나 춘반을 차려 신께 제사를 드려보네.

【해제】 입춘 밤에 봄을 맞이하는 감회를 읊었다. 제1구에서는 입춘을 맞아 집안을 깨끗이 단장하며 새봄을 맞이할 채비를 하다가, 제2, 3구에서는 문득 일어나는 그리움과 그것을 달래보려는 노력이 수포로 돌아감을 읊었다. 제 4구에서는 결국 해소되지 않는 그리움을 치워두고, 다시 일상으로 돌아와 입춘 제를 올리는 일에 몰두한다. 일상에서 문득문득 일어나는 해묵은 그리움, 그런 마음과 상관없이 세월 따라 반복되는 일상이 톱니바퀴처럼 물려 돌아가는 시인의 인생살이가 엿보인다.

中元有感[119] 有引

去歲從大人買舟,[120] 至橋, 月明燈紅, 笙歌競發, 檣集人喧, 炮鳴山谷. 今也相
伴藥爐, 兀坐耿耿,[121] 然月明風淸, 不異曩夕, 感而漫記.

月光搖曳動涼飆,[122]
百感支離夜轉遙.[123]
記得舊年湖水上,
花燈撩亂雜笙簫.[124]

119) 中元(중원): 중원절. 음력 7월 15일. 돌아가신 선조와 여러 귀신에게 제사를 올리는
　　날이었다. 성묘하고 지전을 태우며 물에 등을 띄워 보내고 폭죽을 터뜨리는 등의
　　풍습이 있었다.
120) 大人(대인): 부모나 삼촌 등 웃어른에 대한 존칭. 여기서는 시아버지 황여형을 가
　　리키는 것으로 보인다.
121) 兀坐(올좌): 우두커니 앉다. 단정하게 앉아있다. 耿耿(경경): 마음이 초조하고 불안
　　하다.
122) 涼飆(양표): 서늘한 바람.
123) 支離(지리): 두서없다. 조리가 없다.
124) 花燈(화등): 아름답게 장식한 등.

중원절에 감개를 느끼며

작년에 아버님을 따라서 배를 사서 다리에 이르니, 달은 밝고 등은 붉었다. 생황소리 다투어 들려오고 배들이 모여 사람들이 시끌벅적하고, 폭죽을 터뜨리는 소리가 산골짜기에 진동했다. 지금은 약 달이는 화로와 벗하여 불안한 마음으로 우두커니 앉아있다. 그러나 밝은 달과 맑은 바람은 작년 그 저녁 그대로라 감회가 있어 되는대로 적어본다.

달빛 흔들리며 서늘한 바람 이니
두서없는 온갖 생각에 밤은 점점 깊어가네
기억나네, 작년 호수 가에
수많은 꽃등에 생황과 통소 소리 서로 섞였던 그 날 밤

【해제】 서문에 "약을 달이는 화로"와 "불안한 마음"은 남편이 곧 세상을 떠날 것 같은 상황을 말하는 것으로 보인다. 남편 황무오는 1619년에 세상을 떠났다. 남편의 병세가 악화되어 희망이 보이지 않자 수많은 상념으로 잠 못 이루다가 지난 해 중원절 밤을 추억하였다. 작년 밤의 즐거웠던 추억과 올해의 걱정 많은 밤이 서로 대비되어 시인의 고통은 더욱 깊어 보인다.

敬步家大人快雪堂觀劇韻125)

六橋曙色曉風吹,126)
又探平泉一段奇.127)
孔蓋翠旄霞氣鬱,128)
雲衫螺髻佩聲遲.129)
當年玉局揮彤管,130)
此日梨園舞柘枝.131)
春草秋花相代去,
不堪憑弔廣川帷.132)

125) 快雪堂(쾌설당) : 이 시의 끝에 "쾌설당은 사성(司成) 풍몽정이 독서하던 장소이다 (堂爲馮具區司成讀書處.)"라는 원주가 있다. 馮具區(풍구구) : 풍몽정(馮夢禎, 1548-1605), 자(字)는 개지(開之), 호는 구구(具區), 절강(浙江) 수수(秀水) 사람이다. 한림원편수(翰林院編修), 남경국자감좨주(南京國子監祭酒)를 지냈다. 말년에 항주 서호 고산(孤山) 기슭에 쾌설당을 지어서 은거했다. 『쾌설당집(快雪堂集)』이 있 다. 司成(사성): 국자감 좨주를 칭하는 말.

126) 六橋(육교) : 송(宋) 소식(蘇軾)이 건설한 절강성 항주(杭州) 서호의 외호(外湖)에 있는 영파(映波), 쇄란(鎖瀾), 망산(望山), 압제(壓堤), 동포(東浦), 과홍(跨虹)의 여섯 개 다리. 명(明) 양맹영(楊孟瑛)이 세운 서호 내호(內湖)에 있는 환벽(環璧), 유금(流 金), 와룡(臥龍), 은수(隱秀), 경행(景行), 준원(濬源)의 여섯 개 다리.

127) 平泉(평천) : 서호에 있는 지명으로 여겨지는데 확실히 알 수 없다.

128) 孔蓋翠旄(공개취정) : 공작새 깃털로 장식한 수레 덮개와 비취새의 깃털로 장식한 깃발. 『초사 · 구가 · 소사명(楚辞 · 九歌 · 少司命)』, "공작새 깃털 수레 덮개에 비취 깃발 세우고, 구천에 올라 혜성을 더듬으시네(孔蓋兮翠旄, 登九天兮撫彗星)."

129) 雲衫(운삼): 구름처럼 가볍고 얇은 저고리. 螺髻(라계): 소라모양으로 틀어 올린 여 성의 머리 모양

130) 玉局(옥국): 소식(蘇軾)을 부르는 호칭. 소식이 옥국관제거(玉局觀提擧)를 지냈기 때 문에 생긴 호칭이다. 彤管(동관): 붓 대롱에 붉은 칠을 한 붓으로 한대(漢代)에는 상서승(尚書丞), 상서랑(尚書郎)에게 매월 한 쌍을 지급했다고 한다. 조정에서 벼슬 하다는 뜻으로 널리 쓰인다.

131) 梨園(이원): 당(唐) 현종(玄宗)이 음악과 무용에 종사하는 예인들을 기르던 곳. 여기 서는 이원에 속한 예인을 뜻하는 말로 희극을 공연하는 배우를 가리킨다. 柘枝(자 지) : 자지무(柘枝舞). 서역의 석국(石國)에서 유래한 춤으로 당나라 이후 중국에서 널리 유행했다. 석국은 중앙아시아 우즈베키스탄의 수도 타슈켄트에 있었던 고대 국가이다.

132) 廣川帷(광천유): 광천 사람 동중서(董仲舒). 장막을 친 채로 소리를 내어 읽어가며 제자를 가르쳤다.

아버님의 시 '쾌설당에서 극을 관람하다'에 화운하다

육교에 날 밝아 새벽바람 불어오면
또 평천의 빼어난 구경거리 찾아가네
공작 깃털 수레덮개와 비취 깃발에 아침놀 자욱한데
구름 같은 저고리에 높은 트레머리 패옥 소리 느릿느릿
그 옛날에는 소동파처럼 붉은 붓 휘둘렀는데
오늘에는 이원의 예인들이 자지무를 추네
봄 풀과 가을 꽃 서로 번갈아드니
차마 동중서를 조문하지 못하겠네

【해제】고약박의 시아버지 황여형이 쾌설당(快雪堂)에서 연극을 보고 지은 시에
화운한 작품이다. 전반 4구는 극을 관람하러 가는 사람들의 모습을 묘사했다.
후반4구는 쾌설당의 과거와 현재를 대비시키고 원래 주인이었던 풍몽정을 애도
하였다. 항주지주(杭州知州)에 부임했던 소식(蘇軾)에 비유하여 쾌설당에 은거했
던 풍몽정을 추켜세우고, 연극을 공연하는 장소로 변한 현재와의 대비를 통해
상전벽해의 감회를 드러냈다. 마지막으로 풍몽정을 동중서에 비유하며 인생무상
의 슬픔을 표현하였다.

西園四時詞 用燦兒韻 春

風廻荇帶隨波織,
籊籊新篁淨如拭.[133]
飛英撩亂點窓紗,
故與殘妝鬪顔色.[134]
清流濺石聲泠泠,[135]
煮茗披幃曳杖聽.
乳燕銜泥歸不得,
花光落日映西庭.

---

133) 籊籊(적적): 길고 뾰족하다.
134) 殘妝(잔장): 시간이 지나 화장이 지워지다. 여기서는 시든 꽃잎을 비유한다.
135) 泠泠(영령): 청량하다. 맑다.

서원의 사계절 노래 - 찬아의 운을 사용하여 봄

바람에 띠처럼 휘도는 마름은 물결 따라 흔들리고
뾰족뾰족 솟은 어린 대나무 씻은 듯이 말갛네.
어지러이 날리는 꽃잎 비단 창에 점점이 붙어
짐짓 남은 꽃과 아름다움을 견주네
돌에 부딪치는 맑은 물소리 청량하여
차 끓이다 휘장 열고 지팡이 짚고 듣는다
어린 제비는 진흙을 물고 돌아오지 못하고
석양에 비친 꽃 서쪽 정원에서 빛나네

【해제】서원의 봄 정취를 노래하였다. 아름다운 봄 풍경 속에 지팡이 짚고 물소리에 귀 기울이는 시인의 일상과 아름다움을 향유하는 즐거움을 느낄 수 있다.

西園四時詞 用燦兒韻 夏

柳絲不肯隨風逝,
學語雛鶯巢暗葉.
芰荷次送夜來香,
起傍新隄避朝熱.
迎風不解解羅衣,
佇看閒雲帶雨飛.
釣罷竿頭繫雙鯉,
長歌載酒放船歸.

서원의 사계절 노래 찬아의 운을 사용하여 여름

버들가지 바람 따라 움직이려하지 않는데
어린 꾀꼬리 둥지는 무성한 잎 속에 있네
마름과 연꽃이 밤이면 차례로 향기를 뿜어내는
새 둑길 곁에서 아침 더위를 피한다
바람 맞으며 비단옷 벗을 줄 모른 채
비를 띠고 날아가는 한가로운 구름 우두커니 바라본다
낚시 마치고 낚싯대 끝에 잉어 두 마리 묶어서
크게 노래하며 술 실은 배 타고 돌아온다

【해제】 서원에서 한가로이 지내는 여름의 일상을 노래했다. 호수에서 더위를 피하고 낚시를 즐기며 시를 읊조리는 시인의 삶이 여유롭고 평화롭게 느껴진다.

西園四時詞 用燦兒韻 秋

孤鴻嚦嚦驚殘夢,[136)
幾枝金栗含芳送.[137)
梧桐葉淨綴珠肥,
摘下氷盤隨手弄.
月明風細惱人情,
翦破芭蕉興味淸.
欲寫秋容思未得,
淸碪幾處助秋聲.[138)

---

136) 嚦嚦(역력): 새의 맑은 울음소리.
137) 金栗(금률): 진주란. 학명은 Chloranthus spicatus로 홀아비꽃대과에 속한다.
138) 碪(침): 다듬잇돌.

서원의 사계절 노래 —찬아의 운을 사용하여 가을

외로운 기러기 맑게 울어 남은 꿈을 깨우고
몇 가지 진주란이 향기를 머금어 보내온다
말끔한 오동잎에 매달린 커다란 이슬방울
하얀 쟁반에 따다가 손끝으로 장난치네
달 밝고 바람 산들거려 내 마음 괴로운데
파초 잎 자르니 그 향기 싱그럽네
가을 모습 그리려나 채 생각도 못한 이때
여기저기서 청량한 다듬이 소리가 가을을 부추기네

【해제】 맏아들 황찬(黃燦)의 시에 화운하여 지은 연작시 4수 중 하나로 가을을 노래하였다. 기러기 소리와 진주란의 향기, 오동잎의 이슬과 달빛 등으로 가을의 맑고 차가운 정취를 감각적으로 표현하였다. 시상이 풍부하며 많은 여성시에 보이는 고뇌와 눈물의 흔적이 없다. 고약박의 강인하고 넉넉한 성품을 보여주는 것인 동시에 아들에게 밝고 경쾌한 모습을 보이려고 한 어머니의 배려였던 것으로 해석된다.

西園四時詞 用燦兒韻 冬

雀噪鴉啼風凜冽,[139)
飄飄六出寒花結.[140)
梅梢點綴喜先春,
撩引佳人多踏雪.
此時欲憶上層樓,
玉澗銀河一望悠.
雲合似嫌衣絮薄,
催將活火向鑪投.

---

139) 凜冽(늠열) : 살을 에듯이 춥다.
140) 六出(육출) : 육각형 모양의 눈의 결정체를 말함.

서원의 사계절 노래 ―찬아의 운을 사용하여 겨울

참새 지저귀고 까마귀 울며 바람은 매서운데
표표히 날리는 눈송이 차가운 꽃을 만드네
매화가지 끝에 점점이 피어나 앞선 봄인 양 기뻐하고
미인을 유혹하여 눈 밟는 이 많아라
이즈음 누대에 올랐던 일 추억하니
옥이 흐르는 듯한 은하수는 아득해 보였지
두꺼운 구름은 우리의 얇은 솜옷을 비웃는 듯하여
타오르는 불을 화로에 넣으라고 재촉하네

【해제】 맏아들 황찬(黃燦)의 시에 화운하여 지은 연작시 4수 중 하나로 겨울을
노래하였다. 전반부는 눈 날리는 겨울의 풍경을 표현하였고 후반부는 누대에 올
랐던 옛 추억을 떠올림과 동시에 현재의 추운 날씨를 표현하였다. 차가운 겨울이
지만 이 시 역시도 구경 나온 미인들과 화롯불의 정경으로 화면을 활기차고 따스
하게 구성하였다.

寓林修歲事感懷敬述[141]

我來寓林心獨悲,
棠梨帶雨空垂垂.[142]
曲欄疏影照書閣,[143]
鼠齧藤花人不知.
我翁當代揚子雲,[144]
錦囊荷槧摛玄文.[145]
我翁當代李元禮,[146]
趨風廚俊登龍門.[147]
門外草深雪三尺,

---

141) 歲事(세사): 한 해 중의 제사. 寓林(우림): 시아버지가 계시던 곳을 지칭한다. 고약박의 시아버지는 명대 말기 풍류를 즐겼던 문인으로 호가 우용(寓庸)이었으며, 만년에 귀향하여 남병산 기슭에 우림(寓林)을 일구며 여기서 노후를 보내면서 다시 벼슬에 나아가지 않았다고 한다. 청나라 추의(鄒漪)의 《계정야승(啓禎野乘)》참조.

142) 棠梨(당리): 팥배나무.

143) 書閣(서각): 서가(書架), 서재(書齋).

144) 揚子雲(양자운): 전한(前漢)시대 학자이자 문장가인 양웅(揚雄, 기원전 53~18)의 자(字). 그는 서촉(西蜀, 지금의 사천성) 사람인데, 그가 거주하던 곳을 양자택(揚子宅)이라 이름 지었다. 사천 지역에 여전히 그를 기념하기 위한 자운산(子雲山), 자운성(子雲城)이 있다. 『주역(周易)』과 노자의 학설을 연결시켜 『태현경(太玄經)』을 저술하고, 『역전(易傳)』을 본떠 「현수(玄首)」, 「현측(玄測)」, 「현형(玄衡)」, 「현착(玄錯)」, 「현수(玄數)」, 「현문(玄文)」, 「현리(玄摛)」, 「현영(玄瑩)」, 「현예(玄掜)」, 「현도(玄圖)」, 「현고(玄告)」 등의 글을 덧붙였다.

145) 錦囊(금낭): 비단주머니. 고대에는 시상을 적은 종이를 비단주머니에 넣어두었다가 나중에 시를 쓰는 경우가 많았다. 이로부터 훌륭한 시구가 모인 문집이라는 뜻으로 쓰였다. 荷槧(하참): 죽간 또는 목판을 들다. 글자를 교감하거나 죽간에 글을 쓴다는 말로, 시문을 쓰거나 고친다는 뜻이다. 양웅 자신이 『법언(法言)』에서 숙손통(叔孫通)은 어떤 사람이냐고 질문 받은데 대해 '참인(槧人)'이라고 말했다. 또 『태현경(太玄經)』이나 『법언』 등 도가 계열의 글을 지었기에 '현(玄)'이란 글자를 쓴 것으로 보인다.

146) 李元禮(이원례): 후한(後漢)시대의 이응(李膺, 110~169)의 자(字). 그는 당시 부패한 환관들과 맞서 기강을 바로잡으려던 정의파 관료의 영수(領袖)였다. 『후한서ㆍ이응전(後漢書ㆍ李膺傳)』의 기록을 보면 많은 환관과 맞선 그의 몸가짐이 고결했기 때문에 세상에서는 '천하의 모범은 이응'이라고 칭찬하였고, 특히 청년 관료들과 선비들은 그와 교제하거나 그에게 대접 받는 일이 있으면 이것을 등용문이라고 자랑스럽게 여겼다.

147) 趨風(추풍): 소문을 듣고 찾아오다. 廚俊(주준): '팔주(八廚)'와 '팔준(八俊)'을 아울러 칭하는 말로, 준걸(俊傑)과 의로운 사람을 가리킴.

玄亭月冷連江白.148)
雪峯巑岏煙濛濛,149)
恕先在焉呼或出.150)
我來拜翁二孺子,
執硏流涕拜不起.
康成大業付小同,151)
我翁無憂若敖餒.152)

148) 玄亭(현정) : 사천에 있던 양자운의 집.
149) 巑岏(찰얼): 산이 높은 모양. 濛濛(몽몽): 흐릿하다. 자욱하다.
150) 恕先(서선): 곽충서(郭忠恕, 910-977)의 자(字). 중국 후주(後周), 북송(北宋) 때의 학자 · 서화가(書畵家). 그림은 가옥 · 누관(樓館) 등을 다루는 계화(界畵)에 능하여 복잡한 건조물을 정연하게 잘 그렸다. 관동(關同)풍의 산수화와 전서(篆書)에도 뛰어났다.
151) 康成(강성): 정현(鄭玄, 127~200)의 자(字). 중국 후한(後漢) 말기의 대표적 유학자. 시종 재야(在野)학자로 지냈으나 제자들에게는 물론 일반인들에게서도 훈고학 · 경학의 시조로 깊은 존경을 받았다. 小同(소동): 정소동(鄭小同). 정현의 손자로 정현으로부터 배워 그 학문을 전했다. 정소동이 정현의 손자로 그 학문을 전했듯이, 자신의 아이들은 황여형의 손자에 해당하므로 이들이 시아버지의 학문을 전할 것이라고 하였다.
152) 若敖(약오): 약오귀(若敖鬼). 약오(若敖)씨의 후손 중에서 초(楚) 나라의 영윤(令尹)을 지낸 자문(子文)은 그 조카 월초(越椒)가 장차 약오(若敖) 가문을 멸망시킬까 걱정하여, 임종 시에 가족을 모아두고 울면서 말한다. "귀신도 먹을 것을 구하는데, 약오(若敖)씨의 혼령의 굶주림은 어찌할 것인가?" 후에 약오(若敖)씨 가문은 끝내 월초가 초나라에 반역함으로 인해 멸망했다. 『좌전 · 선공사년(宣公四年)』에 실린 내용이다.

우림(寓林)에서 한 해 제사를 올리고 감회를 삼가 쓰다.

내가 우림(寓林)에 오니 마음 유독 슬픈데
팥배나무는 비에 젖은 채 부질없이 늘어졌네
굽은 난간의 성긴 그림자는 서재를 비추는데
쥐가 등꽃을 갉아먹어도 사람은 알지 못하네

우리 어르신은 지금의 양웅(揚雄)이시니
시집과 죽간을 들고 심오한 글을 지으셨네
우리 어르신은 지금의 이응(李膺)이시니
소문을 듣고 찾아온 준걸들은 용문에 오르셨네

문 밖으로 풀 무성해 눈이 세 자나 쌓였는데
현정(玄亭)의 달은 차갑고 강과 맞닿아 희기만 하네
눈 쌓인 봉우리는 가파르고 연기는 자욱하니
곽충서(郭忠恕)가 살아 있어 그를 부르면 혹시 나오려나

나는 두 아들에게 할아버지께 절하라 하였는데
벼루를 붙잡고 눈물 흘리며 일어나지 못하네
정현(鄭玄)의 대업을 이 작은 아이들에게 맡기나니
우리 어르신께서는 약오귀(若敖鬼)의 주림을 걱정하지 마시오

【해제】이 시는 1626년 시아버지 황여형이 사망하여 두 아들과 함께 조문하며 쓴 것이다. 전반적으로 시아버지 황여형의 학식과 인품을 양웅(揚雄)과 이응(李膺) 및 정현(鄭玄) 등을 거론하며 칭송하였고, 이러한 훌륭한 학통을 자신의 아들들을 통해 이어나갈 것을 다짐하였다. 며느리로서 한 집안의 계보가 끊이지 않도록 노력하는 모습이 그려져 있다.

自君之出矣[153] 其一

自君之出矣,
不理釵頭玉.[154]
思君湘水深,[155]
啼痕猶在竹.

153) 「그대 떠난 뒤(自君之出矣)」는 악부시의 옛 제목으로 그 명칭은 동한말기 서간(徐
幹)의 「실사(室思)」시에 나오는 다음 구절 "그대 떠난 뒤, 밝은 거울도 녹이 슬도
록 닦지 않았지요. 그대 그리는 마음은 흐르는 물과 같아서, 그칠 때가 없습니다.
(自君之出矣, 明鏡暗不治. 思君如流水, 無有窮已時.)"에서 나왔다.

154) 釵頭(채두): 비녀.

155) 湘水(상수): 장강의 지류로 호남성의 최대 규모의 하천이다. 순(舜)임금이 창오(蒼
梧)에서 죽었을 때, 아황(娥皇)·여영(女英)이라는 두 비(妃)는 상수에 빠져 죽어
상수의 여신이 되었다고 한다. 또 이때 흘린 눈물이 대나무에 묻어 얼룩이 생겼다
고 하며, 이 대나무를 상비(湘妃)의 대나무, 즉 상비죽(湘妃竹)이라고 한다.

그대 떠난 뒤 1

그대 떠난 뒤
옥비녀를 다듬지 않았네
그대 생각은 상수처럼 깊은데
눈물 흔적이 아직도 대나무에 남아있네

【해제】악부시로 전해져오는 「그대 떠난 뒤」라는 노래에 맞추어 지은 3수의 연
작시 가운데 첫 번째 시이다. 상수와 눈물 어린 대나무를 통해 여전히 세상을
떠난 남편을 그리워하고 있음을 밝혔다.

自君之出矣 其二

自君之出矣,
鸞鏡不曾開.
思君如璧月,
皎皎照妝臺.

그대 떠난 뒤 2

그대 떠난 뒤
일찍이 거울을 보지 않았네
그대 생각하니 옥벽처럼 둥근달이
밝고 밝게 화장대를 비추네

【해제】 악부시로 전해져오는 「그대 떠난 뒤」라는 노래에 맞추어 지은 3수의 연
작시 가운데 두 번째 시이다. 전반부는 남편이 떠난 후 거울조차 보지 않았던
절망감을 표현했고 후반부는 옥처럼 곱고 둥근 달이 마치 님의 모습처럼 자신을
비춰주어 묻어두었던 그리움이 되살아나는 상황을 노래했다.

自君之出矣 其三

自君之出矣,
羅幔月娟娟.
思君如絡緯,[156]
轉輾一絲牽.

---

156) 絡緯(낙위): 베짱이.

그대 떠난 뒤 3

그대 떠난 뒤
비단 휘장에 달빛이 환하네
그대 생각하는 마음 마치 베짱이 같아
실 가닥 하나에 내 마음 오르락내리락

【해제】 악부시로 전해져오는 「그대 떠난 뒤」라는 노래에 맞추어 지은 3수의 연
작시 가운데 세 번째 시이다. 베틀에 앉아 베를 짜면서도 그리움으로 베는 짜지
지 않고 마음만 빼앗기는 상황을 노래했다. 베틀에 걸린 실은 직조되면서 좌우로
왔다 갔다 하게 된다. 실을 뜻하는 '사(絲)'는 그리움을 뜻하는 '사(思)'와 발음이
같아 중국 고전시에서 실은 항상 그리움을 뜻한다. 이 시에서는 이중의 의미로
읽히게 되는데 실이 왔다갔다 짜여 질 때마다 마음이 오르락내리락 하는 상황을
표현하였다.

謝攬愚許夫人贈畵筐

藐姑仙人若氷雪,[157]
手把瓊枝和玉屑.[158]
雲軿偶過蓬萊山,
靈芝百草皆怡悅.
學書初學衛夫人,[159]
寫生自訝驚花神.[160]
搖筆飛雲疑宿構,
煙波咫尺生嶙峋[161]
猗猗蘭菊兮秀且芳,[162]
齊紈潔兮懷袖香.[163]
吸露餐英美無度,
閬風頂上雙翶翔.[164]

157) 藐姑仙人(막고선인): 막고야(藐姑射)의 산에 산다는 피부가 얼음과 눈과 같다는 여신.
158) 玉屑(옥설): 옥의 가루. 부스러기. 눈가루.
159) 衛夫人(위부인): 위삭(衛鑠, 272-349). 진(晉) 대의 저명한 여류 서예가로 종요(鍾繇)의 제자이며 왕희지가 어렸을 때의 스승.
160) 花神(화신): 꽃을 담당한 신선. 꽃의 정신.
161) 嶙峋(인순): 중첩되고 그윽하다. 높이 솟다. 수척하여 뼈가 드러나다. 기개가 뛰어나다.
162) 猗猗(의의): 아름답고 무성하다. 번창하다.
163) 齊紈(제환): 둥글부채. 제나라에서 생산되는 고운 비단. 유명한 비단. 袖香(수향): 여자 옷소매의 향기, 소매 속의 손수건.
164) 閬風頂(낭풍정): 즉 낭풍전(閬風巓), 곤륜산의 꼭대기에 있다는 신선의 거처. 翶翔(고상): 공중에서 훨훨 날다.

허부인이 그림 그려진 부채를 주시어 이에 감사하며

막고야의 신선은 피부가 얼음이나 눈 같은데
손에 옥 가지와 옥가루를 들었네
구름수레를 타고 우연히 봉래산을 지나가니
영지와 백초가 모두 기뻐하는 듯

글씨는 처음에 위부인을 배웠고
그림 그리면 스스로 놀라고 화신도 놀라게 했네
날아가는 구름처럼 붓을 휘두르니 미리 구상을 한 듯하고
지척에서 안개와 파도가 높이 솟아나네

아름다운 난초와 국화여! 빼어나고 꽃다우며
깨끗한 제나라 비단이여! 소매 속에 향기를 품고 있네
이슬 마시고 꽃을 먹어 그 아름다움을 헤아릴 수 없는데
낭풍전 꼭대기에서 쌍쌍이 날아가네

【해제】 이 작품은 그림 부채를 선물해준 허씨 부인에게 감사의 답례로 보낸 시이다. 처음 4구에서는 신선 같은 허부인의 용모를, 중간 4구에서는 신기한 그림솜씨를 찬탄하였다. 마지막 4구는 그림이 그려진 부채의 아름다움을 서술하였다.

권 3

20년 된 책과 검에는 거미줄과 먼지 쌓였건만
두루마리 속 그대에게 나지막이 말 거네

ㅡ도망시3

夏晚步西園

園林日已暮,
欵步涼風生.¹⁶⁵⁾
爲愛蕭森好,¹⁶⁶⁾
還來池上行.
綠陰延返照,¹⁶⁷⁾
紫荇隨波明.¹⁶⁸⁾
班荊傲五柳,¹⁶⁹⁾
遙想芙蓉城.¹⁷⁰⁾

165) 欵(관): 느리다.
166) 蕭森(소삼): 초목이 무성하고 **빽빽**한 모양.
167) 返照(반조): 저녁놀. 석양.
168) 紫荇(자행): 수초(水草) 이름. 상유(緗葵)라고도 함.
169) 班荊(반형): 친구를 만나 허심탄회하게 이야기를 나누다. 도연명(陶淵明)「음주(飮
    酒)」제15수에 "싸리자리 깔고 소나무 밑에 앉아, 몇 차례 마시니 이내 다시 취하
    네.(班荊坐松下, 數斟已復醉)" 五柳(오류): 도연명(陶淵明)을 이르는 말. 그의 작품
    「오류선생전(五柳先生傳)」에서 나온 말.
170) 芙蓉城(부용성): 고대 전설 중에 나오는 선경(仙境)의 하나. 송(宋)나라 소식(蘇軾)
    의 「부용성(芙蓉城)」서(序): "왕회(王逈)의 자는 자고인데, 선인 주요영과 부용성에
    서 노닐었다고 전해진다(世傳王逈字子高, 與仙人周瑤英遊芙蓉城)." 한편 부용(芙蓉)
    은 발음상 남편의 얼굴을 뜻하는 부용(夫容)과 통하므로 이 구절은 남편을 그리워
    한다는 의미로도 해석된다.

여름 저녁 서원을 거닐며

정원 숲에 해는 벌써 저물고
느릿느릿 걸으니 서늘한 바람이 이네
우거진 수풀이 사랑스러워
돌아와 연못가를 거닌다
녹음은 저녁놀에 이어지고
붉은 마름은 물결 따라 반짝이네
싸리 자리에 앉아 오류선생이라 자부하며
아련히 부용성을 생각하네

【해제】 여름 날 저녁에 서원(西園)을 거닐며 느끼는 심정을 표현한 시이다. 이
시의 서원은 남편과 함께 가꾼 것으로 고약박 집의 정원을 말한다. 전반부에서는
여름날 저녁에 정원을 산책하는 쾌적함을 표현하였다. 후반부는 부러울 것 없는
이때의 심정을 오류선생(五柳先生), 즉 도연명(陶淵明)에 비겼다. 아울러 시의
마지막 부분에서는 '부용성(芙蓉城)'을 언급하여 은연중에 남편에 대한 그리움을
전하였다.

擬古 其一

憶昔丁香花,[171]
與君親手折.
結成連理枝,
相期心似結.
一朝都棄捐,
永作千年別.
終天會無期,
初心耿不滅.[172]

171) 丁香花(정향화): 정향나무 즉 라일락의 꽃. 담홍색으로 아름답고 향기롭다.
172) 耿(경): 한결같은 모양.

136 ‖ 고약박시선

옛 시를 모방하여 1

생각나네. 그 옛날 라일락 꽃
그대와 함께 손수 꺾었던 일
가지 나란한 연리지로 이어져
마음도 그렇게 맺어지길 바랬으나
하루아침에 모든 것 버려졌으니
영원히 천년의 이별을 했네
하늘이 다하도록 만날 기약 없어도
첫 마음 한결같아 사라지지 않으리

【해제】옛 시를 모방하여 지은 연작시 2수 가운데 제 1수이다. 옛 시란 「고시십
구수(古詩十九首)」를 말하는 것으로 보인다. 「고시십구수」는 동한(東漢)말기의
민가에 기초하여 당시 문인들이 지은 것으로 추정된다. 어지러운 시대의 세태풍
자와 인생무상의 감개, 영원한 사랑에 대한 갈망, 부귀공명에 대한 추구 등이
나타나있다. 예를 들면 제 13수「수레를 몰아 동문으로 가니(驅車上東門)」에는
"황천 아래 잠들어, 천년토록 영원히 깨어나지 못하는구나!(潛寐黃泉下 , 千載永
不寤)"라고 하여 죽음의 허망함을 표현하였으며, 제 8수「연약하여 의지할 데
없는 대나무가(冄冄孤生竹)」를 보면 "연약하여 의지할 데 없는 대나무가, 태산
언덕에 뿌리를 두었네.(冄冄孤生竹 , 結根泰山阿)"라 하여 남녀의 결혼을 빗대어
노래하고 있다. 또한 「초겨울 한기가 닥치니(孟冬寒氣至)」에서는 "편지를 품안에
넣어두었더니, 삼년이 가도록 글자가 변하지 않았네(置書懷袖中 , 三歲字不滅)"라
고 하여, 멀리 떠난 연인에게서 온 편지를 품에 안고 버리지 못하는 심정을 노래
하였다. 고약박은 이러한 시의 이미지와 정서를 모방하여 죽은 남편을 그리워하
는 변치 않는 마음을 표현하였다. 일부러 취한 투박한 표현 속에 깊은 감정이
돋보인다.

擬古 其二

采采蕙蘭花,[173)
光輝被顔色.
欲采還棄之,
牽絲不成織.[174)
君跡渺難量,
恨無雙飛翼.[175)
三五月正明,[176)
憂思添哽懂.[177)

---

173) 采采(채채): 따고 또 따다. 무성하다. 蕙蘭(혜란): 난초의 일종.
174) 牽絲(견사): 실을 끌다.
175) 飛翼(비익): 비익조. 암컷과 수컷의 눈과 날개가 하나씩이어서 짝을 짓지 아니하면 날지 못한다는 전설의 새.
176) 三五(삼오): 정월 대보름.
177) 哽(경): 목메다. 懂(색): 한하다. 원망하다.

옛 시를 모방하여 2

혜란화를 따고 또 따니
환한 빛이 얼굴을 뒤덮네
따려다가 다시 그만두는 것은
실을 뽑아도 천을 짜지 못하기 때문이네
임의 자취는 아득하여 헤아리기 어렵고
비익조처럼 날 수 없어 한스럽네
정월 대보름 마침 달이 밝으니
근심과 그리움에 목이 메고 원망스럽네

【해제】 옛 시를 모방하여 지은 연작시 2수 가운데 제 1수이다. 앞의 시와 마찬가지로 고시십구수를 염두에 두고 쓴 것으로 보인다. 예를 들면 「저 멀리 견우성(迢迢牽牛星)」에서는 "종일토록 무늬를 짜내지 못하고, 눈물만 비 오듯 하네.(終日不成章, 泣涕零如雨)"라고 하여 헤어진 연인에 대한 그리움으로 베를 짤 수 없는 심정을 표현하였다. 또한 「서북쪽에 높은 누대가 있어(西北有高樓)」에서는 "원컨대 한 쌍의 홍곡이 되어, 날개를 떨쳐 높이 날고 싶어라!(願爲雙鴻鵠, 奮翅起高飛)"라고 하여 뜻이 맞는 사람과 함께 하고픈 염원을 노래하였다. 또한 「강을 건너 부용꽃 따노라니(涉江采芙蓉)」에서는 "강을 건너 부용을 따는데, 난초 연못에는 방초들도 많구나!(涉江采芙蓉, 蘭澤多芳草)"라고 하여 연인을 그리워하는 심정을 방초 특히 '부용'을 따는 행동에 투영하였다. 고약박은 고시십구수에 보이는 이러한 이미지와 정서를 참조하여 잊혀지지 않는 해묵은 그리움과 소중함을 전달하고 있다.

悼亡詩 其一

桐影依稀月未央,[178]
誰家玉笛弄新凉.[179]
玄亭臥起琴書冷,
吹斷秋霜子夜長.[180]

---

178) 依稀(의희): 흐릿하다. 희미하다. 어렴풋하다. 未央(미앙): 아직 절반에 이르지 못하
   다. 끝나지 않다.
179) 新凉(신량): 초가을의 쌀쌀한 날씨.
180) 子夜(자야): 한밤중.

도망시 1

오동나무 그림자 희미하고 달은 아직 기울지 않았는데
어느 집 옥피리가 초가을을 연주하는가
현정(玄亭)에서 누웠다 일어나니 거문고와 서책은 싸늘하고
가을서리에 피리소리 멈추니 밤은 길어라

【해제】 세상을 떠난 남편을 그리워하며 지은 것으로 도망시 7수 가운데 첫 번째
시이다. 가을 밤 옥피리 소리에 불현 듯 떠오르는 남편 생각과 잠 못 이루는 심경
을 읊었다.

悼亡詩 其二

日日山頭望眼穿,[181]
凌霄何處覓神仙.
不知郞在仙源裏,[182]
忘欲來時一葉船.

---

181) 眼穿(안천): 뚫어지게 바라보다. 간절한 바람을 비유한다.
182) 仙源(선원): 도교(道敎)에서 말하는 신선이 사는 곳. 특히 도화원(桃花源)을 가리킨
다.

도망시 2

날마다 산꼭대기 뚫어져라 바라보다
하늘 높이 올라도 어디서 신선을 찾을까
알 수 없어라! 그대 도화원에 계시어
돌아오는 일엽편주 잊으셨는지

【해제】 세상을 떠난 남편을 그리워하며 지은 것으로 도망시 7수 가운데 두 번째 시로 깊은 그리움이 묻어난다. 애타게 찾지만 만나볼 수 없는 사람에 대해 어쩌면 마치 우리가 모르는 신선 세상에서 노니느라 돌아올 길을 잊은 것인가 하는 환상을 품게 되었다. 극한의 그리움이 환상으로 발전하여 안타까움을 배가시킨다.

悼亡詩 其三

廿年書劍網蛛塵,
種得庭前玉樹新.
寫出儀容渾似舊,[183]
低低說向卷中人.

---

183) 儀容(의용): 용모. 풍채. 渾似(혼사): 매우 흡사하다.

도망시 3

20년 된 책과 검에는 거미줄과 먼지 쌓였건만
정원 앞에 심은 옥 같은 나무는 새로워라
그 모습 그려보니 완전히 예전과 같아
두루마리 속 그대에게 나지막이 말 거네

【해제】 세상을 떠난 남편을 그리워하며 지은 것으로 도망시 7수 가운데 세 번째 시이다. 남편이 죽은 지 이미 오랜 시간이 지난 후에 지었음을 알 수 있다. 시에서는 책과 검이 20년 되었다고 하는데, 이는 남편 사망 후의 시간이 아닌, 결혼 후의 시간을 말한 것으로 보인다.

　이 시는 거미줄과 먼지에 뒤덮인 서책과 검에서 세월의 무게가 전해진다. 오랜 세월이 흘렀음에도 불구하고 잊을 수 없어 남편의 모습을 그려보고 두루마리 속에 그려진 인물에게 말을 건다는 부분에서 애틋함을 느낄 수 있다. 시인 고약박이 역사에 밝고 고문에도 능했던 기개 있는 모습뿐 아니라, 자신의 섬세한 감정을 남김없이 표현할 수 있는 다정다감한 사람이었음을 알 수 있다.

悼亡詩 其四

蘭膏華燭待修文,[184)
桂藥新秋盡郁紛.[185)
縢有琴書三徑在,[186)
不須水上覓紅雲.[187)

184) 蘭膏(란고): 난초를 정제하여 만든 기름. 修文(수문): 문인의 죽음을 말한다. 옛날
    저승에서 저작(著作)을 관리하는 관리를 수문랑(修文郞)이라 하였기에, 수문은 곧
    문인의 죽음을 뜻하게 되었다.
185) 郁紛(욱분): 분욱(紛郁)이라고도 쓴다. 왕성하다.
186) 三徑(삼경): 은자(隱者)의 거처를 상징하는 말. 진(晉) 조기(趙岐)의 『삼보결록·도
    명(三輔決錄·逃名)』, "장후는 고향으로 돌아가 가시나무로 문을 막고, 집안에 삼
    경을 내고 나오지 않았는데, 다만 구중·양중만이 그를 따라 노닐었다(蔣詡歸鄕里,
    荊棘塞門, 舍中有三徑, 不出, 唯求仲羊仲從之遊)."
187) 紅雲(홍운): 붉은 구름. 신선이 사는 곳이라 전한다.

도망시 4

난초 기름의 화촉 밝히고 문장을 다듬는데
계수나무 꽃술은 새 가을 맞아 향기 한창이네
거문고와 서책 남아있고 세 길도 그대로이니
물가에서 신선 사는 곳 찾을 필요 없다네.

【해제】 세상을 떠난 남편을 그리워하며 지은 것으로 도망시 7수 가운데 네 번째 시이다. 남편이 사용하던 서책과 거문고도 그대로이니 바로 이곳이 선경이라 말하고 있다. 애도의 의미보다는 깊어가는 가을의 향취와 공간의 느낌을 서술하였다.

悼亡詩 其五

積雪層冰不可披,
歸來湖上正漣漪.[188]
碧絃清韻還依舊,
不減風光待故知.[189]

188) 漣漪(연의): 바람에 의해 수면에 일으켜진 파문, 물결.
189) 不減(불감): ~에 못지않다. 그대로이다. 故知(고지): 오래 사귄 친구.

도망시 5

눈 쌓이고 얼음 두꺼워 헤쳐 나갈 수 없는데
호숫가로 돌아오니 마침 물결 출렁이네
푸른 현의 청아한 정취 아직 여전하고
옛 벗을 기다리던 그때의 풍광에 못지않네

【해제】 세상을 떠난 남편을 그리워하며 지은 것으로 도망시 7수 가운데 다섯
번째 시이다. 이 작품 또한 애도의 의미보다 자신이 살고 있는 공간에 대한 묘사
가 두드러진다. 다만 마지막 구절에서 은연중에 남편과 생전에 함께 보았던 그
경치가 지금도 그대로라고 표현하여, 떠난 사람에 대한 아쉬움을 은연중에 드러
내었다.

悼亡詩 其六

憶君手澤種芭蕉,[190]
賦得新詩愧楚招.[191]
吟到月斜更漏盡,[192]
淚和淸露濕輕綃.[193]

---

190) 手澤(수택): 조상의 유물. 조상의 필적. 물건이나 책에 남아있는 옛 사람의 손 때.
　　 원문에 "서원의 파초는 남편이 손수 심은 것이다(西園芭蕉夫子手植)" 라는 시인의
　　 자주(自注)가 있다.
191) 楚招(초초): 『초사 · 초혼(楚辭 · 招魂)』을 지칭함.
192) 更漏(경루): 물시계.
193) 輕綃(경초): 투명하고 무늬가 있는 비단.

도망시 6

임이 손수 심은 파초 생각하며
새로운 시 짓고 보니 「초혼(招魂)」에는 부끄럽네
달빛이 비끼고 늦은 밤이 다 할 때까지 읊으니
눈물과 맑은 이슬이 비단을 적시네

【해제】 세상을 떠난 남편을 그리워하며 지은 것으로 도망시 7수 가운데 여섯
번째 시이다. 이 작품에서는 추슬렀던 감정이 다시 흔들리고 있다. 남편이 손수
파초를 심었던 일을 생각하니 지금 짓는 도망시가 어쩐지 남편을 진심으로 애도
하기에 부족하다는 생각이 들었다. 고마움과 미안함, 그리고 먼저 간 사람에 대
한 원망의 감정이 서로 섞여 나중에는 결국 눈물에 옷깃을 적시고 말았다.

悼亡詩 其七

嫋嫋秋風翠入簾,[194)]
少年曾退筆頭尖.
于今文字成何用,
却把閒心泥絮黏.[195)]

---

194) 嫋嫋(뇨뇨): 바람이 스치는 모양.
195) 泥絮(이서): 진흙에 젖은 버들 솜.

도망시 7

산들산들 가을바람에 푸르름이 휘장으로 들어오니
소년은 일찍이 붓 머리 가다듬기 그만두었네
지금 글자를 쓴들 무슨 소용이랴
도리어 한가로운 마음을 진흙에 젖은 버들 솜에 붙였네

【해제】 세상을 떠난 남편을 그리워하며 지은 것으로 도망시 7수 가운데 마지막 일곱 번째 시이다. 이 시의 주인공인 소년은 얼핏 시의 화자인 고약박과도 어울리지 않고 이미 죽은 그녀의 남편과도 맞지 않는 듯하다. 시의 주인공인 소년은 가을바람이 살살 불자 글씨 연습에 집중하지 못한다. 이는 시인이 젊은 시절의 남편을 회상하며 그린 것으로 생각된다. 그러나 뒷부분에서 그녀는 곧 이러한 마음을 글로 쓴들 무슨 소용이 있겠냐며 아쉬움과 허망함을 표현하였다.

西園雜詠 其一

曲曲流來澗水淸,
楓林一片鬪霞明.
不知人在西窓裏,
幾度張絃曲不成. 196)

---

196) 張絃(장현): 거문고의 현을 팽팽하게 당겨 매다. 여기서는 연주하기 전에 악기를
   조율하는 것을 말한다.

서원에서 되는대로 읊다 1

굽이굽이 흘러오는 물 맑고
한 조각 단풍나무 숲 노을빛과 다투네
서창 안에 사람이 있는 것만 같아서
몇 번이나 현을 매만져도 곡이 이루어지지 않네

【해제】단풍이 고운 어느 가을날 거문고 줄을 매만지고 연주해보려 시도하나 마치 누가 듣고 있는 것 같아 끝내 제대로 연주할 수 없음을 읊었다. 서창 안에 있는 것처럼 느껴지는 그 사람은 어쩌면 세상을 떠난 남편이 아닐까?

西園雜詠 其二

風柳煙絲拂短牆,
夜深歌吹度新簹.
起燒殘燭重窺史,
檢點英雄名利場.

서원에서 되는대로 읊다 2

안개 같은 버들가지에 바람 불어 낮은 담장 스치는데
밤 깊어 노래 소리는 새로 돋은 대나무를 넘어가네
꺼져가는 촛불에 다시 불을 붙여 역사서 거듭 보며
영웅들이 명리를 다투던 곳 점검해보네

【해제】 밤늦도록 역사서를 읽었던 어느 봄날의 일상을 읊었다. 절기와 일상의
감성, 정원의 풍경, 가족들과 화답한 의례적인 시가 대다수를 차지하는 여성들의
시에서 '역사'라는 주제는 다소 예외적이다. 이는 명말청초라는 격변의 시대가
만들어낸 것이기도 하며, 고약박 자신이 역사에 특별히 관심을 가진 결과이기도
하다.

西園偶作

誰謂園荒僻,[197)]
憂來更一過.
鶯啼深港柳,[198)]
魚戲淺汀荷.
流水漱溪急,[199)]
落花堆徑多.
輕風薄暮動,[200)]
扶老採煙蘿.[201)]

---

197) 荒僻(황벽): 황량하고 외지다.
198) 港(항): 강어귀.
199) 漱(수): 세차게 흐르다.
200) 薄暮(박모): 해질녘.
201) 扶老(부로): 지팡이의 별칭. 煙蘿(연라): 라(蘿)는 여라(女蘿), 송라(松蘿), 즉 소나무 겨우살이를 말한다. 굴원(屈原)의 『초사·구가·산귀(楚辭·九歌·山鬼)』, "산모퉁이에 사람이 있는 듯, 벽려를 입고 여라를 둘렀네.(若有人兮山之阿, 被薜荔兮帶女蘿.)" 벽려와 여라는 은자의 복장을 뜻한다.

서원(西園)에서 우연히 짓다

누가 동산이 황량하다고 하나
근심이 일면 또 한 번 지나가네
꾀꼬리는 깊은 강어귀 버들에서 울고
물고기는 얕은 물가 연꽃에서 노니네
흐르는 물은 시내에서 급하고
떨어진 꽃은 길에 잔뜩 쌓였네
가벼운 바람이 해질녘에 불어와
지팡이 짚고 여라를 따네

【해제】 늘그막에 한 가문을 이끌었던 맏며느리로서 삶을 접고 쉬고 싶은 마음을
관직에서 물러나 '은거'하는 것으로 표현하였다. 제 1구는 도연명의 「귀거래혜사
(歸去來兮辭)」의 시작부분인 "돌아가자, 전원이 황폐해지려는데, 어찌 돌아가지
않으리?(歸去來兮, 田園將蕪, 胡不歸)"를 염두에 둔 것이다. 작가는 서원을 은일의
공간으로 간주하고 있다. 다사다난했던 젊은 날을 뒤로하고 노년의 삶을 '은자'
의 삶으로 바라보는 시선에서 삶에 대한 깊은 통찰이 느껴진다.

修讀書船

秋日爲燦兒修讀書船, 泊斷橋合歡樹下.202) 雨山峭蒨203), 空水澄鮮,204) 斷燒留靑205), 亂煙籠翠,206) 與波上下, 倏有倏無. 忽焉207)晴光爽氣激射于叢雲堆黛之中, 令人心曠神怡,208) 不復知有人間世矣. 覽物興思爲詩以戒.

聞道和熊阿母賢,209)
翻來選勝斷橋邊.210)
亭亭古樹流疏月,
漾漾輕梟泛碧煙.
且自獨居楊子宅,211)
任他遙指米家船.212)
高風還憶浮梅檻,213)
短燭長吟理舊氊.

---

202) 斷橋(단교): 다리 이름. 절강성(浙江省) 항주시(杭州市) 서호(西湖)의 백제(白堤)에 있다. 당(唐) 이래로 단교라 하였으며, 서호십경(西湖十景) 중의 하나이다. 合歡樹(합환수): 자귀나무. 콩과의 낙엽 소교목. 밤이 되면 잎이 서로 합쳐진다.
203) 峭蒨(초천): 선명한 모양.
204) 空水(공수): 하늘과 물빛.
205) 斷燒留靑(단소류청): '붉은 빛을 끊어내고 푸른빛을 남겼다'는 것은 일종의 비유로, 붉은 꽃들 사이에 푸른 나무가 있거나, 붉은 노을 사이에 푸른 산이 비쳐 마치 중간이 끊겨 보이는 것을 말하는 것으로 보인다.
206) 亂煙籠翠(난연농취): 자욱한 안개가 푸른 산봉우리를 덮다.
207) 忽焉(홀언): 빠른 모양.
208) 心曠神怡(심광신이): 마음이 후련하고 기분이 좋다.
209) 和熊(화웅): '웅담으로 환약을 만들다'는 뜻으로, 어머니가 자식이 힘써 학문을 닦도록 북돋움을 비유한다.『신당서·유중영전(新唐書·柳仲郢傳)』, "모친 한씨는 한고의 딸로, 자식을 잘 훈육하였다. 중영이 어릴 때 배우기를 좋아하자 일찍이 웅담으로 환약을 만들어 밤마다 먹여서 힘을 내게 하였다(母韓, 即皋女也. 善訓子, 故仲郢幼嗜學, 嘗和熊膽丸, 使夜咀嚥以助勤)."
210) 翻來(번래): 번래부거(翻來覆去). '여러 차례'라는 뜻으로 쓰였다. 選勝(선승): 명승지를 찾아다니다.
211) 且自(차자): 잠시. 마음대로. 다만. 楊子宅(양자택): 양웅(揚雄)의 집. 진(晉) 좌사(左思)의「영사(咏史)」제4수, "적적한 양웅의 집, 문에 공경재상의 수레가 없네(寂寂楊子宅, 門無卿相輿.)."
212) 任他(임타): 설사 ~하더라도 상관하지 않다. 米家船(미가선): 북송(北宋)의 서화가 미불(米芾)의 배. 그는 늘 배에 서화를 싣고서 강호를 유람하였다고 한다.
213) 高風(고풍): 거센 바람.

독서선을 수리하여

가을날에 찬아(燦兒)를 위해 독서선(讀書船)을 수리하여 단교(斷橋) 자귀나무 아래에 배를 대었다. 비 내린 산은 말갛고 하늘과 물빛은 청명하였다. 붉은 단풍 사이로 푸른 빛 남아있고, 자욱한 안개가 푸른 산을 감싸고 있어 물결과 더불어 위아래로 움직이니 산이 문득 나타났다 문득 사라졌다. 갑자기 맑은 빛 상쾌한 기운이 검은 구름 가운데에서 쏟아져 나오니 마음이 후련하고 기분이 좋아져 인간 세상인지 알 수가 없었다. 경물을 보고 생각이 일어나 시를 지어 훈계한다.

유중영의 어머니 현명하게 자식 길렀다는 말 듣고
여러 차례 명승지 찾아 단교 가로 왔네
우뚝 선 고목에 성긴 달빛 흐르고
흔들흔들 가벼운 오리는 푸른 안개 속에 떠 있네
잠시 홀로 양웅의 집이라 여기고 머무르며
멀리서 미불의 배라 해도 상관 말아라
거센 바람 부니 또 부매함 띄운 일 생각나
초 짧아지도록 길게 읊조리며 낡은 담요 정리하네

【해제】 아들이 조용하고 경치 좋은 곳에서 공부에 매진할 수 있도록 배를 마련해주고 독서에 정진하도록 훈계하였다. 제1연은 아들의 교육을 위해 서호의 단교에 독서선을 마련해준 일을, 제2연은 그곳에서 본 풍경을 묘사했다. 제3연은 아들에게 양웅처럼 열심히 공부하고 혹시 미불의 배라고 비난하더라도 상관하지 말라고 당부하였으며, 제4연은 시아버지가 서호에 부매함을 띄운 일을 추억하였다.

湖上美人

春風搖曳春波淥,[214]
曉日溶溶初出浴.[215]
銀鞍白馬桃花繁,
翠幕朱欄深復曲.
美女新妝出畫船,
素手牽舷歌輭玉.[216]
低徊宛轉半含羞,[217]
一枝海棠新睡足.
柳眉蟬鬢總宜人,[218]
削出雙肩腰似束.[219]
裙拕六幅瀉湘江,[220]
媚眼橫波紛駭矚.[221]
可憐西子擅芳名,
今朝減卻春山綠.[222]

---

214) 搖曳(요예): 흔들다. 흔들리다. 움직이다. 淥(록): 물이 맑다.
215) 溶溶(용용): 물이 질펀하게 흘러가는 모양. 여기서는 햇빛이 휘영청 비치는 모양을
    형용한다.
216) 輭玉(연옥): 연옥(軟玉). 경옥(硬玉)에 대응되는 것으로 옥 가운데 경도가 낮다.
217) 宛轉(완전): 노래 가락이 구성지다.
218) 柳眉(유미): 버들잎 같은 눈썹. 미인의 눈썹을 비유함. 宜人(의인): 사람의 마음에
    들다. 사람에게 좋은 느낌을 주다.
219) 束(속): 띠를 매다. 동여매다.
220) 拕(타): 타(拖). 끌다.
221) 橫波(횡파): 여인의 아름다운 눈빛. 駭矚(해촉): 경심해촉(驚心駭矚). 놀라서 바라보
    다. 해(駭)는 놀라다. 촉(矚)은 보다.
222) 西子(서자): 서시(西施). 擅(천): 독점하다. 독차지하다. 芳名(방명): 좋은 명성. 좋은
    평판.

호수 위의 미인

봄바람에 흔들리는 맑은 봄 물결에
아침 해 휘영청 막 목욕하고 나오네
은색 안장 얹은 백마에 복사꽃 어지러운데
비취 장막과 붉은색 난간은 깊고 또 구불구불하네

미녀는 새로 단장하고 화려한 놀잇배에 나와
하얀 손으로 뱃전을 두드리며 옥 같은 목소리로 노래하네
낮게 맴도는 구성진 노랫소리, 수줍음 머금으니
막 깨어나는 해당화 한 가지 같구나

버들잎 같은 눈썹, 매미날개 같은 귀밑머리 언제나 어여쁘고
양 어깨는 조각한 듯, 허리는 묶어놓은 듯
여섯 폭 치맛자락은 상강(湘江) 물이 흘러내리는 듯
아름다운 눈빛에 사람들이 놀라서 바라보네

서시(西施)처럼 사랑스런 그녀의 명성에
오늘 아침 봄 산의 푸른빛마저 줄어들었네

【해제】 호수에 뜬 배에서 노래하는 미인의 아름다움을 찬미하였다. 봄놀이 나온 상춘객들이 모두 그녀의 아름다움에 경도되니 봄경치도 무색해진다고 극찬하였다.

酬阮月卿女史畫蘭[223]

湘竹簾疏寒戞玉,[224]

流蘇香軟芙蓉褥.[225]

筆花纔吐九畹芳,[226]

盈盈秀發光風屬.[227]

態濃意遠巧且妍,[228]

綠鬢半壓翠花鈿.[229]

纖腰縷帶鴛央束,

信是亭亭月裏仙.[230]

223) 阮月卿(완월경): 명말청초(明末淸初)의 여화가. 특히 난과 대나무를 잘 쳤다.
224) 湘竹簾(상죽렴): 상비죽(湘妃竹), 즉 반죽(斑竹)으로 만든 발. 『초학기(初學記)』에 인
    용된 진(晉) 장화(張華)의 『박물지(博物志)』, "순임금이 죽자 두 왕비가 흘린 눈물
    이 대나무에 떨어져 대나무에 얼룩무늬가 생겼다. 두 왕비가 죽어서 상수의 여신
    이 되었으므로 이를 상비죽이라 한다(舜死, 二妃淚下, 染竹卽斑. 妃死爲湘水神, 故
    曰湘妃竹.)." 戞玉(알옥): 옥을 두드리다. 소리가 맑고 아름다움을 형용하는 말.
225) 流蘇(유소): 술 장식. 여기서는 술 장식이 달린 휘장을 가리킨다.
226) 筆花(필화): 붓끝에서 꽃이 피어나다. 이백(李白)이 붓끝에서 꽃이 피는 꿈을 꾼 뒤
    부터 그의 문장력이 뛰어나게 되었다는 이야기가 있다. 오대(五代) 왕인유(王仁裕)
    의 『개원천보유사 · 몽필두생화(開元天寶遺事 · 夢筆頭生花)』). 九畹(구원): 난초를
    칭하는 말. 원(畹)은 전답의 면적단위로 20무(畝)를 1원이라 한다. 『초사 · 이소(楚
    辭 · 離騷)』, "나는 9원에 난초를 키우고, 또 100무에 혜초를 심었다(余旣滋蘭之九
    畹兮, 又樹蕙之百畝)."
227) 盈盈(영영): 맑고 투명한 모습. 秀發(수발): 식물이 무성하게 자라 꽃이 만개하다.
    光風(광풍): 비 그친 후 해가 나올 때 부는 산들바람. 『초사 · 초혼(楚辭 · 招魂)』의
    "비 개인 후 산들바람이 혜초 흔들고, 난초 떨기 나부끼네(光風轉蕙, 氾崇蘭些)" 아
    래 왕일(王逸)의 주, "광풍은 비가 그친 후 해가 나오고 바람 불어 초목이 빛나는
    것을 말한다(光風, 謂雨已日出而風, 草木有光也)."
228) 意遠(의원): 마음이 넓고 뜻이 고상하다.
229) 花鈿(화전): 비취, 옥, 구슬, 금은 등 보석으로 만든 장식용 머리꽂이.
230) 亭亭(정정): 환하고 아름다운 모양.

완월경 여사의 난초 그림에 보답하여

성근 반죽 주렴에 옥 부딪치는 소리 차가운데
술 달린 휘장에는 옅은 향기, 부용 수놓은 이불
붓 끝에서 피어난 향기로운 난초
활짝 핀 맑은 꽃 산들바람에 빛나는 듯
농염한 자태와 고상한 뜻 교묘하고 아름다운데
검푸른 트레머리는 비취 뒤꽂이를 살짝 눌렀네
가냘픈 허리에 원앙 수놓은 비단 허리띠 매니
정말로 아름다운 달 속의 선녀로구나

【해제】 완월경이 난을 치고 있는 모습을 찬미하였다. 제 1, 2구는 완월경이 있는
장소의 아름다움을 묘사함으로써 그녀를 찬미하였고, 제 3, 4구는 그녀가 그린
난초 그림의 빼어남을 칭찬하였다. 후반 4구는 재색을 겸비한 완월경이 선녀처
럼 아름답다고 찬양하였다.

喜西園桃李開盛, 因感夫子, 詩以招之

桃李成蹊爛漫開,[231]
株株盡是手親栽.
煙凝萬頃吹紅浪,
雪壓干枝泛玉臺.[232]
立望非耶空絳帳,[233]
問津何處誤天台.[234]
應知此地花饒笑,
月淨風和跨鶴來.

---

231) 爛漫(난만): 초목이 무성함을 형용하는 말.
232) 玉臺(옥대): 천제의 거처. 경대(鏡臺). 한나라의 누대 이름.
233) 立望非耶(입망비야): 한 무제가 사랑했던 이부인이 죽은 후 무제는 그녀를 몹시 그
리워하여 밥도 먹지 않았다. 방사(方士) 소옹(少翁)이 그녀의 혼령을 부를 수 있다
면서 밤에 등을 켜고 장막을 친 다음 황제에게 장막 안에 앉아 먼 곳을 바라보도
록 했다. 한 묘령의 여자가 보이자 무제가 "그녀인가? 아닌가? 서서 바라보는데
어찌 이리 느릿느릿 더디 오는가?(是邪, 非邪? 立而望之, 偏何姍姍其来遲?)"라고
했다.(『한서 · 외척전상 · 효무이부인(漢書 · 外戚傳上 · 孝武李夫人)』)
234) 天台(천태): 천태산(天台山). 절강성(折江省) 천태현(天台縣) 북쪽에 있는 산. 한(漢)
명제(明帝) 영평(永平) 5년에 회계군(會稽郡) 섬현(剡縣)의 유신(劉晨)과 완조(阮肇)
가 천태산에 약을 캐러 갔다가 아름다운 선녀를 만나서 환대를 받았다. 반년을 그
곳에 머물다가 집으로 돌아와 보니 세월이 흘러 그의 7세손이 살고 있는 시대였다
고 한다.(유의경(劉義慶), 『유명록(幽明錄)』)

서원에 복사꽃과 자두 꽃이 활짝 핀 것을 기뻐하다가 남편이 느껴져 시를 지어 부르다

복숭아나무, 자두 나무 길에 꽃은 흐드러지게 피었는데
한 그루 한 그루 전부 손수 심은 것이라네
안개 서린 만 이랑에 붉은 물결이 일고
눈 쌓인 가지가 옥대에 떠있네.
텅 빈 진홍 휘장을 서서 바라보니 그 사람인가
어디서 길을 묻다가 천태산으로 잘못 들어갔나
분명히 알겠네, 이곳에 꽃이 활짝 피었으니
달 맑고 바람 따뜻한 지금 학 타고 건너오리라

【해제】남편이 손수 심은 복숭아나무와 자두나무에 꽃이 만개한 것을 바라보며 남편에 대한 그리움을 노래했다. 전반 4구는 남편이 심은 나무에 흐드러지게 핀 꽃의 아름다움을 읊었다. 제5구는 죽은 이부인이 그리워 그녀의 혼령을 불렀던 한나라 무제의 이야기를, 제6구는 선녀를 만나 돌아오지 않았던 유신과 완조의 이야기를 빌어 죽은 남편에 대한 그리움과 기약 없는 기다림을 토로했다. 그렇게 남편을 생각하던 시인은 마침내 남편이 자기 곁에 와 있는 듯한 환상에 빠져든다.

憶遠首尾吟235)

只有羅浮伴筆牀,236)
一枝斜影墨池香.237)
鸞箋未解塗鴉字,238)
鳳管空懸待鶴觴.239)
鐵騎雕弓寒月白,
朱甍繡闥曉風涼.240)
蓮花漏盡銀釭滅,241)
只有羅浮伴筆牀.

---

235) 首尾吟(수미음): 시 형식의 한 종류. 시의 첫 구와 마지막 구가 동일한 것으로, 송(宋) 소옹(邵雍)의 「수미음(首尾吟)」에서 비롯되었다.
236) 羅浮(나부) : 산이름. 광동성 박라현(博羅縣) 서북 동강(東江) 가에 있는 산으로, 매화선녀를 만났다는 전설이 있어 매화를 지칭하기도 한다. 筆牀(필상): 붓을 놓아두는 문방구.
237) 墨池(묵지): 벼루 가운데 약간 오목하게 만들어 물을 담고 먹을 가는 곳.
238) 鸞箋(난전): 천연색의 시전지(詩箋紙).
239) 鳳管(봉관): 생황과 통소의 미칭. 생황과 통소로 연주하는 음악. 鶴觴(학상): 술 이름. 미주(美酒)를 가리킨다.
240) 朱甍(주맹): 붉은 용마루.
241) 蓮花漏(연화루): 송(宋) 인종(仁宗) 시기 연소(燕肅)가 만든 물시계.

멀리 있는 이를 그리며 - 처음과 끝이 같은 노래

그저 매화만이 필상과 짝하여
한 줄기 비스듬한 그림자 묵지(墨池)에 향기롭네
채색 종이에 마구 쓴 글자 이해하지 못하는데
생황과 통소는 부질없이 벽에 걸려 좋은 술 기다리네
철갑 기마와 화려한 활은 하얀 달빛에 싸늘하고
붉은 용마루와 화려한 문에는 새벽바람이 차가워라
물시계 소리 다하자 은 등잔의 불 꺼지는데
그저 매화만이 필상과 짝하네

【해제】 멀리 있는 사람을 그리워하는 내용으로 처음과 끝이 똑같은 시구로 되어 있다. 전반부는 채색 종이에 써진 글자, 생황과 통소 소리 등으로 여성이 있는 공간을 드러냈다. 후반부에서는 철갑기마와 화려한 활을 등장시켜 작품 속의 주인공이 그리워하는 남자가 멀리 떠나 있다는 것을 암시하였으며, 나머지 부분은 화려한 환경 때문에 더욱 혼자 남은 여인의 수심이 깊어짐을 노래했다.

追和夫子西溪242)落梅

逶迤入西溪,243)
溪深深幾曲.
斷岸掛魚罾,244)
茅簷覆修竹.
翠羽何啁啾,245)
滿林香撲簌.246)
晴雪飛殘英,
坐愛傾蟻綠247)
鹿門跡未湮,248)
與子同歸宿.

242) 西溪(서계): 西溪(서계): 항주(杭州)에 있는 하천, 서호(西湖) 근처를 흘러간다. 서계 탐매(西溪探梅)는 서호 18경 가운데 하나로 알려져 있다.
243) 逶迤(위이): 구불구불 이어진 모양.
244) 魚罾(어증): 어망.
245) 啁啾(조추): 새가 우는 소리.
246) 撲簌(박속): 물체가 가볍게 떨어지는 모양.
247) 蟻綠(의록): 새로 빚은 술. 새로 빚은 술은 표면에 침전물이 떠서 옅은 녹색을 띠며 거품이 인다.
248) 鹿門(녹문): 녹문산(鹿門山). 은사가 사는 곳을 가리킨다. 지금의 호북성(湖北省) 양양현(襄陽縣) 남동쪽에 있다. 동한(東漢)의 명사 방덕공(龐德公)은 처자를 데리고 이 산에 들어가 약을 캐고 살며 다시 속세로 나오지 않았다. 당시 양양에서 은거했던 명사 서서(徐庶), 사마휘(司馬徽), 제갈량(諸葛亮), 방통(龐統) 등과 더불어 그 명성이 자자했다.

남편의 유작 「서계에 지는 매화(西溪落梅)」에 화답하다

구불구불 서계로 들어가니
깊디깊은 계곡 몇 구비인가
강가 절벽에는 어망이 걸려 있고
초가집은 죽 번은 대나무로 덮여 있네
물총새 어디선가 지저귀고
수풀 가득 향기가 나리네
눈 그친 후 남은 꽃 휘날리니
그 모습 사랑스러워 새로 빚은 술 따르네
녹문산의 자취 아직 사라지지 않았으면
그대와 함께 돌아가리

【해제】 남편의 유작에 화답한 시이다. 남편이 남긴 시 「서계에 지는 매화(西溪落梅)」를 보니 마치 방금 전에 지어진 듯 감회가 새롭다. 오래 전 세상을 떠난 남편은 마치 세상과 단절된 먼 곳에 은거하고 있는 듯 느껴진다.

권 4

이제 이 일을 그만두고 강호로 돌아가
자연에 맡겨 살고 싶어라

—늙음을 고하는 노래

投老帖249)

結髮爲夫妻,
繪作雙鴛鴦.
春風揚素波,
翻作參與商.250)
嗟君來日杳,
嘆妾苦晝長.
爲君鞠子女,251)
爲君奉高堂.252)
辛勤盡君職,
四時供蒸嘗.253)
綢繆君牖戶,254)
親睦君同行.
爲君理餘編,
爲君續遺芳.255)
孤影雖隔世,
同心未忍亡.

249) 投老(투로) : 늙어서 사직을 고하다. 첩(帖)은 본래 기둥이나 바람벽, 혹은 비단 등에 써놓은 글귀를 말한다. 비석의 탁본을 말하기도 한다. 구양순(歐陽詢)의 글씨 가운데 「투로첩(投老帖)」이 있다.
250) 參與商(삼여상): 별자리 이름. 삼성과 상성. 상성(商星)은 아침 5시~7시에 동쪽 하늘에 보이고 삼성(參星)은 저녁 5시~7시에 서쪽 하늘에 보인다. 하나가 나타나면 하나는 사라지므로 영원히 서로 만날 수 없음을 비유한다.
251) 鞠(국): 기르다.
252) 高堂(고당): 부모님을 가리키는 말.
253) 蒸嘗(증상): 가을과 겨울에 드리는 제사. 널리 제사를 이르는 말.
254) 綢繆(주무): 남녀 사이의 깊은 정. 꽁꽁 동여매다. 여기서는 후자의 뜻으로 쓰였다. 「시경・빈풍・치효(詩經・豳風・鴟鴞)」에 "하늘에서 아직 장마 비가 내리지 않을 때, 뽕나무 뿌리의 껍질을 벗겨, 창과 문을 잘 동여매네.(迨天之未陰雨, 徹彼桑土, 綢繆牖戶)"라는 구절이 있다.
255) 遺芳(유방): 후세에 빛나는 명예를 남기다.

寒燈渺長夜,
底事添惻愴.256)
妾年將半百,
孫子皆琳琅.
乞身歸林泉,257)
置之無何鄉.258)

256) 底事(저사): 하사(何事), 무슨 일. 이 일.
257) 乞身(걸신): 임금에게 벼슬을 그만두기를 청하는 말.
258) 無何鄉(무하향): 무하유지향(無何有之鄉), 어떠한 인위적인 것도 없는 자연 그대로
    의 세계.

늙음을 고하는 노래

머리 올리고 부부가 되어
한 쌍의 원앙이 되었지
봄바람에 하얀 물결 일렁이더니
삼성과 상성 같은 신세 되었네

그대 오실 날 아득하여 탄식하고
첩은 낮이 길어 괴로워 한탄합니다
그대 위해 자녀 기르고
그대 위해 시부모님 모셨지요

부지런히 그대의 직분 다하여
사계절 제사를 모셨답니다
당신 집안 잘 꾸리며
당신 친척들과 화목했지요

그대 위해 남은 글 정리하고
그대의 아름다운 이름 이어갔어요
외로운 그림자 비록 그대와 세상을 달리 해도
마음만 같을 뿐 차마 죽지 못했지요

차가운 등불 아스라이 긴 밤
무슨 일로 고통과 슬픔을 더하는가
제 나이 이제 곧 반백
손자들 다 귀한 구슬처럼 빼어나지요

이제 이 일을 그만두고 강호로 돌아가
자연에 맡겨 살고 싶어라

【해제】 투로첩이라는 제목의 이 시는 권4의 첫 번째 시로, 이제 노년기에 들어선 인생의 여정을 돌아보며 현재의 상황을 개관하고 있다. 시는 첫 부분에서 부터 어린 나이에 시집와서 남편의 집안을 일으키기 위해 여러 가지 수고를 마다하지 않았던 자신의 삶을 회상했다. 한편 이제는 집안을 이끄는 중책에서 벗어나 자유 롭게 살고 싶다는 소망을 피력했다.

西園避暑 有序

六月旣望, 與仲女子媳諸孫, 遊于西園, 避暑月下. 是夕疎雨驟過, 朗月復生. 百卉欣榮, 盆荷逞豔. 風輕籟寂, 林木蕭森. 小閣雕楹, 或掩或映, 遠而望之, 如畫如影. 空庭地白, 有如湖艇. 選勝259)班荊260), 嘯歌各適. 乃憶舊遊, 緣成十韻.

疎林散纖月,
玲瓏照曲房.
乍疑乘雪棹,
宛在水中央.261)
雨收苔欲膩,
風過竹生涼.
碧葉翻淸露,
紅葩散軟香.
蘭芽紛滿座,262)
諸孫亦琳琅.263)
藉草兢歌嘯,264)
把酒傲羲皇.265)
忽焉覩遠山,
四望光蒼茫.

---

259) 選勝(선승): 명승지를 찾아 노닐다.
260) 班荊(반형): 친구를 만나 허심탄회하게 이야기를 나누다. 도연명(陶淵明)의 「음주(飮酒)」 제15수에 "소나무 밑에 앉아 마음을 이야기하며, 몇 차례 마시니 이내 다시 취하네(班荊坐松下, 數斟已復醉)."
261) 宛在水中央(완재수중앙): 『시경‧진풍‧겸가(詩經‧秦風‧蒹葭)』: "물결 따라 내려가 보자니, 마치 물 한 가운데 있는 듯하네(遡游從之, 宛在水中央.)"
262) 蘭芽(란아): 난초의 싹. 자제들이 빼어남을 비유하는 말.
263) 琳琅(임랑): 아름다운 옥. 우수한 인재를 비유하는 말.
264) 兢(긍): 조심스레, 강하게, 와들와들 떨다.
265) 羲皇(희황): 복희씨(伏羲氏).

皎皎夜未艾,²⁶⁶⁾
迢迢星漢長.
雲臥北窓下,²⁶⁷⁾
詩思多荒唐.²⁶⁸⁾
頹然憶舊遊,²⁶⁹⁾
懷抱幾摧傷.

---

266) 未艾(미애): 다하지 않다. 『시경 · 소아 · 정료(詩經 · 小雅 · 庭燎)』, "밤이 어느 때 쯤 되었느냐, 아직 날이 새지 않았나이다(夜如何其, 夜未艾.)."
267) 雲臥(운와): 운무가 서린 높은 곳에 누워있다. 은거를 뜻하는 말.
268) 荒唐(황당): 드넓다. 끝이 없다.
269) 頹然(퇴연): 고요히.

서원에서 더위를 피하며

6월 16일, 둘째딸과 며느리 및 여러 손자들과 서원에서 노닐며 달 아래 더위를 피했다. 이날 저녁 부슬비가 잠깐 지나가고, 밝은 달이 다시 나왔다. 온갖 꽃이 활짝 피어나고 화분의 연꽃이 고운 자태를 뽐냈다. 바람은 산들거리고 소리는 고요했으며, 수풀의 나무는 무성했다. 작은 누각에 조각된 기둥은 가려졌다 드러났다 하는데, 멀리서 바라보니 그림 같기도 하고 그림자 같기도 했다. 빈 뜰의 바닥은 하얗게 빛나 호수에 배를 띄운 것 같았다. 아름다운 경치에 노닐며 이야기하고 노래하며 각기 즐거웠다. 이에 그 옛날 노닐었던 일을 기억하며 20구를 짓는다.

성긴 숲에 고운 달빛 흩뿌려
영롱하게 내실을 비추네
잠깐 의심했었지. 눈 배를 타고
마치 물 가운데에 있는 줄

비 그치니 이끼는 반들거리고
바람이 지나가 대숲에서 서늘한 기운 일어나네
푸른 잎은 맑은 이슬 튕기고
붉은 꽃은 옅은 향기 뿌리네

뛰어난 자제들 자리를 가득 채우고
손자들 역시 옥같이 빼어나네
풀밭에 누워 멋대로 노래하고 휘파람 불며
술잔 들고 복희씨 못지않다 자부하네

문득 먼 산 바라보니
사방으로 광채가 일렁거리네
밝고 밝은 밤 아직 다하지 않았는데

아득히 먼 은하수는 길게 흐른다

북창 아래 구름 베고 누우니
시상(詩想)은 얼마나 끝도 없는가
고요히 옛 놀이 생각해보니
마음은 얼마나 꺾어졌던가

【해제】 전반부는 여름날 수풀에 달빛이 비쳐 서늘한 모습을 노래하였고, 중반부
는 대가족을 이끌고 함께 피서하는 여유로움과 정취를 말하였으며, 후반부는 옛
생각이 일어 서글퍼지는 것을 말하였다.

有懷 有序

己卯涂月270), 夫子徂落, 二十春秋. 想儀容而密默271), 思晤對其奚繇.272) 生死路隔, 徒增愴惘. 乃憶昔, 戊申負笈省親長安.273) 箴誡鱗次274), 藏諸中心, 日省月試, 幾三十餘年矣. 偶出笥中翰墨, 聊爲窓下晤焉, 血淚瑩瑩. 提筆以賦, 不知所云.

憶昔新結褵,275)

寒暑未云易.

負笈觀國光,

走馬長安陌.

阿閣三重階,276)

來往攀龍客.277)

珠箔繡鴛鴦,

雙飛振六翮.278)

趨庭陪鯉對,279)

壯志擬射策.280)

卓犖觀群書,281)

內顧心忋忋282)

270) 涂月(도월): 12월.
271) 儀容(의용): 풍채.
272) 晤對(오대): 만나서 이야기를 나누다. 奚繇(해요): 어찌 가능하겠는가?
273) 負笈(부급): 책 상자를 짊어지고 공부하러 가다.
274) 箴誡(잠계): 충고하다. 鱗次(인차) : 비늘처럼 차례로 늘어서다.
275) 結褵(결리): 결혼하다.
276) 阿閣(아각): 사면에 모두 낙숫물받이가 있는 누각.
277) 攀龍客(반룡객): 왕후를 따라 벼슬을 구하는 사람.
278) 六翮(육핵): 새의 두 날개.
279) 趨庭(추정): 공경스럽게 빨리 뜨락 앞을 지나가다. 鯉對(이대) : 자녀가 부친의 가르침을 받다. 출전은 『논어·계씨(論語·季氏)』. 리(鯉)는 공리(孔鯉)로 공자의 아들.
280) 射策(사책): 응시하다. 한나라 때 실시한 시험 과목의 하나
281) 卓犖(탁락): 출중하다.
282) 內顧(내고): 돌아보다. 가사나 국사 등의 사무에 대한 염려. 忋忋: 판본을 확인한

春風不解悲,

吹我羅幃疾.

桃李正芳菲,

忽悲君易簀.283)

於兹三十秋,

寂寂南窓碧.

開械理舊篋,

翰墨成陳迹.

血淚何淋漓,284)

晤言若疇昔.285)

皎皎白日長,

今夕是何夕.

三星迥在天,286)

忽忽魂離魄.

重曰,287)

雲靄靄兮清露瀼,

風騷騷兮蘭玉傷.288)

合百草兮建馨芳,

遙望博兮君廻翔.

결과 '忄+厄'의 조합으로 보인다. 현재 이체자 사전에도 이 글자는 나오지 않는다. '怨'의 이체자로도 보이지만 이 시는 입성운(入聲韻)을 따르고 있으므로 해당 사항이 없다. 현재 가장 근접한 글자는 '액(阨)'의 오기로 보인다. 여기서는 답답하다는 의미로 풀었다.

283) 易簀(역책): 임종하다.

284) 淋漓(임리): 줄줄 흐르다. 흥건하다. 힘차다. 통쾌하다. 왕성하다.

285) 晤言(오언): 만나서 얘기하다.

286) 三星(삼성): 삼숙삼성(參宿三星). 28수의 하나로, 사냥꾼자리의 7개 빛나는 별.

287) 重曰(중왈): 『초사・원유(楚辭・遠遊)』에 나오는 표현. '신왈(申曰, 말하여)'의 의미로 앞의 내용을 다시 한 번 말한다는 뜻이다.

288) 蘭玉(란옥): 지란(芝蘭)과 옥수(玉樹). 뛰어난 자제를 말함. 여기서는 남편을 지칭하였다.

駕飛龍兮酌桂漿,
未娛昔兮心悽愴.
臨風悅兮結杜衡,
思公子兮不敢忘.

감회에 젖어

기묘년(1639) 12월, 남편이 세상을 떠난 지 20년이 되었다. 모습을 생각하면 말문이 막히고, 만날 것을 생각하지만 어찌 가능하겠는가? 삶과 죽음으로 길이 막혀있으니, 헛되이 슬픔만 더한다. 옛날 무신년(1608)에 책 상자를 짊어지고 아버님을 뵈러 장안으로 갔던 일이 생각난다. 아버님이 해주신 충고를 차례대로 정리하고 마음속에 간직하여 날로 살피고 달로 시험한 것이 거의 30여년이다. 가끔 상자 속에서 아버님의 글을 꺼내어 잠시 창 아래에서 살펴보려니, 피눈물이 그렁그렁했다. 붓을 들어 쓰려하지만 무슨 말을 해야 할지 모르겠다.

옛날 신혼시절 생각하니
추위와 더위가 바뀌는 줄 몰랐네
책 상자 지고 나라의 성세를 살펴보려
장안거리에서 말을 달렸지

큰 누각의 삼층 계단에는
공명을 꿈꾸는 이들이 왕래했지
주렴에는 원앙이 수놓아져
쌍쌍이 날며 날개 짓을 하였네

공손하게 부친의 가르침을 따르고
장대한 포부는 과거를 준비했네
여러 책을 보아 뛰어났지만
마음속은 답답했네

봄바람은 슬픔을 이해하지 못하고
내 비단 휘장에 거세게 불어오네
복사꽃 자두 꽃 바야흐로 흐드러지는데

갑자기 그대 죽어 비통했지

그 후로 어언 30여년
쓸쓸히 남쪽 창가는 푸르르다
상자를 열어 옛날 글을 정리하니
글은 이미 낡은 것이 되어버렸네

피눈물은 어찌 그리 쏟아지는지
만나서 얘기하던 것이 바로 엊그제 같은데
밝고 밝은 대낮은 길건만
오늘 저녁은 어떤 저녁인가

삼성은 아득히 저 멀리에 있는데
홀연히 혼백이 떠나갔네
다시 말하노라
구름 자욱하고 맑은 이슬 내리는데
바람 거세게 불어 지란과 옥수가 시드네

온갖 풀을 모으니 향기가 흠씬 나고
널리 아득히 바라보니 그대는 빙 돌아 날아가네
비룡을 몰고 좋은 술을 마셔도
지난 시절이 즐겁지 않아 마음이 처참하네
바람을 맞으며 아득한 채로 두형을 엮어도
공자를 그리워 하니 감히 잊을 수 없네

【해제】 세상을 떠난 남편이 써놓은 글을 책 상자에서 꺼내보면서 감회를 토로한 시이다. 남편이 죽은 지 20년이 지나, 생전에 과거시험을 준비하면서 이미 오래 전에 죽은 사람이지만 남겨진 글을 읽으니 젊은 시절 고생했던 기억이 밀려왔다. 또한 고통스럽게 공부만 하다가 소원대로 과거에 합격하지도 못하고 끝내 세상을 떠나버린 남편을 동정하면서 그리워하였다.

悲仲婦辭 有序

仲婦鮑禹航侍御 赤城公季女也. 十六嬪予仲子煒, 值余家初落, 卽謝鉛華甘淡素, 如老成人. 余懼以倦勤覆成業, 歸之年, 爲二子婦析箸, 婦敏慧, 躬操作, 秩序有條緖, 更能識大體. 事余以孝 相夫子以恭, 畜諸子女以慈嚴兼濟也, 壬午, 哭冢婦丁, 旣喪淑孝之姿, 今年又哭仲婦. 復失股肱之助, 天乎何降割之此哉. 使余子身殫瘁白首纏悲. 收涕賦此, 旣以傷婦, 且自傷也.

煙沈翠閣烏啼月,
凄迷老我增嗚咽.
紅蓼披離鬼火吹,
白楊蕭條冷露泣.
嗟我不天三十年,
良人早沒諸孤寒.
唧泥巢屋苦拮据,[289]
爲兒娶婦雙琅玕.
我將藉手報夫子,
閑家蕭蕭疇離祉.[290]
離鴻腸斷聲忽裂,
日暮風悲淚如水.
前年大婦隨秋草,
我志我銘傷懷抱.
回頭尙有典刑存,[291]
詎意深閨跡如掃.
嗚呼, 我家不造兮我罪伊何,

289) 拮据(길거): 옹색하다. 군색하다.
290) 蕭蕭(숙숙): 소슬하다. 적막하다. 疇離祉(주리지): 무리가 복을 받다. 『주역 · 비괘(周易 · 否卦)』의 네 번째 효사(爻辭).
291) 典刑(전형): 바른 법. 형벌을 받다. 형벌을 관장하다.

方舟欲渡兮急水增.[292)

波江湛湛兮渺難泊,[293)

男呻女吟兮何以終.

我役陰雨颯沓兮雲西馳,[294)

恍兮忽兮靈之旗.

聞其無人兮憺空帷[295)

恨血千年兮碧草腓.

292) 方舟(방주): 배 두 척을 나란히 하다. 여기서는 집안을 이끌어갔던 두 며느리를 비유.
293) 湛湛(담담): 물이 깊은 모습.
294) 陰雨(음우): 장마. 아주 흐린 날씨에 오는 비. 颯沓(삽답) : 매우 많다. 빙빙 돌다. 신속하다. 의성어.
295) 閴(격): 고요하다.

둘째 며느리의 죽음을 슬퍼하는 노래

둘째 며느리는 우항시어(禹航侍御) 적성공(赤城公) 포씨(鮑氏)의 막내딸이다. 16세에 나의 둘째 아들 위(煒)에게 시집을 왔는데, 내 집안이 바야흐로 몰락한 때를 만나 즉시 화장을 버리고 소박함을 달게 여겨 노숙한 사람 같았다. 나는 일에 게을러 기존의 가업이 사라질까 두려워, 시집오는 해에 두 며느리에게 재산을 분배하였다. 며느리가 민첩하고 지혜로워 직접 일하는데 질서정연하게 조리가 있었으며, 특히 무엇이 중요한 것인지를 알았다. 나를 효로써 섬기고 남편을 공경으로 받들었으며, 자녀들은 자애와 엄격함을 겸하여 길렀다. 임오년(1642)에 며느리 정씨를 애도하며 이미 맑은 자태를 잃었는데, 올해 또 둘째 며느리를 잃어 내 팔다리를 잃는 것 같구나! 하늘이 어찌하여 이 사람들을 앗아가는가? 나로 하여금 혈혈단신으로 완전히 병들어 흰머리로 슬픔을 가누지 못하게 하였구나! 눈물을 거두고 이를 노래하니 한편으로 며느리를 애도하면서 한편으로는 내 자신을 애도하는 것이다.

안개에 잠긴 푸른 누각, 까마귀는 달밤에 울어
처량한 늙은 나는 더욱 오열하네
단풍 든 여뀌 헤치며 도깨비불이 날고
백양나무 쓸쓸한데 차가운 이슬 흐느끼네

아! 내 나이 삼십년이 못되어
낭군 일찍 죽어 여러 고아들 추위에 떨었네
진흙 물어다 집을 짓느라 궁색하여 괴롭지만
아들 위해 맞은 며느리는 둘 다 옥처럼 빼어났네

나는 이것으로 낭군에게 보답하려 하니
한미하던 집안에 복이 내렸네
이별의 기러기 애가 끊어져 울음소리 갑자기 갈라지고
해 저물고 바람 서글퍼 눈물이 물처럼 흐른다

지난 해 큰 며느리 가을 풀 따라 갔을 때
묘지명을 손수 썼던 일 가슴이 아프네
돌아보니 아직 여전히 너의 흔적 남아있는데
어찌 깊은 규방에 자취 사라질 줄 알았을까

아아! 내 집안을 잘 돌보지 못했으니 내 죄가 얼마인가
배 두 척으로 건너려니 물이 급격하게 불어나네
물결은 깊고도 아득해 정박하기 어려우니
남녀의 신음은 언제나 끝이 날까

나는 퍼붓는 장마 비 맞는데 구름은 서쪽으로 날아가고
황홀하구나! 신령의 깃발이여
정신이 아뜩하구나! 사람 없이 고요하여 텅 빈 휘장이 두렵고
천년의 한스런 피눈물이여! 푸른 풀이 시들어간다

【해제】 둘째 며느리의 죽음을 애도한 시이다. 어려운 시기에 시집와서 살림을
잘 꾸려나갔으나, 큰 며느리에 이어 둘째 며느리도 일찍 세상을 떠나게 되었다.
연장자로서 이들의 죽음을 곁에서 지켜보며 노년에 의지처가 된 두 며느리가
세상을 떠나게 된 것에 괴로움과 슬픔을 표현하였다.

雪夕聽爔煒兩兒讀吳吏部和圻孫詩296), 次孫啓均啓
埏啓疆, 皆奮筆拈韻, 各奏一篇已而. 墥埈垣三女孫,
袖中皆簌簌有聲, 索視之亦一詩也. 雖工拙不掩, 而
幼女童孫皆好學知文, 可藉手報地下矣. 喜而賦此.

遙天欲沒雪飜飜,297)
小坐圍爐靜討論.
吏部詩名依北斗,
家人雅集勝西園.298)
桐孫玉琢枝枝秀,299)
柳絮風吹字字溫.300)
爲報九原相待客,301)
詩書一線可能存.

---

296) 吳吏部(오이부): 명말 문인 오본태(吳本泰)를 말함. 절강 해녕(海寧) 사람으로 숭정
(崇禎) 7년(1634) 진사에 급제한 이후 예부랑중(禮部郎中) 등의 벼슬을 지냈다. 명
이 멸망한 이후 은거하여 출사하지 않았다. 경전과 시문에 능숙하였고 저서로
『오이부시문집(吳吏部詩文集)』,『서계범은지(西溪梵隱志)』등이 있다.

297) 飜飜(번번): 휘날리다.

298) 西園(서원): 서원아집(西園雅集). 중국 고사인물화의 화제(畫題). 북송 원우원년(元祐
元年, 1086) 무렵, 수도인 변경(卞京)에 있었던 부마도위 왕선(王詵)의 서원에서 소
식(蘇軾), 황정견(黃庭堅), 이공린(李公麟), 미불(米芾) 등 16명의 시인묵객이 모임을
가졌다. 이공린이 이것을 그림으로 표현했고 미불은 그 기(記)를 썼다. 이후 문인
들이 즐겨 찾는 그림의 주제가 되었다.

299) 桐孫(동손): 오동나무의 새로 돋은 가지. 훌륭한 손자를 일컫는 말.

300) 溫(온): 여기서는 위진남북조(魏晉南北朝) 시대 동진(東晉)의 여류시인 사도온(謝道
蘊)을 말함. 대장군 사혁(謝奕)의 딸로 당시 재상이었던 사안(謝安)이 그녀의 숙부
였다. 일찍이 휘날리는 눈발을 바람에 혼들리는 버들개지에 비유하여 뛰어난 문재
(文才)로 이름이 났다.

301) 九原(구원): 묘지. 황천.

눈이 오는 밤, 찬과 위 두 아들이 오이부(吳吏部)가 맏손자 계기(啓圻)에게 화답한 시를 읽는 것을 들었다. 차손인 계균(啓均), 계연(啓埏), 계강(啓疆)이 모두 붓을 들어 운을 맞추어 각자 한편씩 나에게 올렸다. 세 손녀 공(塨), 준(埈), 원(垣)은 소매 속에서 모두 바스락 소리가 나서 찾아보니 역시 시 작품이었다. 비록 공졸을 숨길 수는 없으나 어린 손녀와 손자가 모두 학문을 좋아하고 문자를 아니, 가히 이들의 손을 빌어 지하에 보답이 될까 하노라. 이에 기뻐서 이를 적어본다.

아득한 하늘 가물거리고 눈은 휘날리는데
아이들 화로 둘러앉아 고요히 토론하네
오 선생의 시명은 북두성처럼 높고
집안사람들 우아하게 모이니 서원의 모임보다 낫구나
손자들은 옥으로 다듬은 듯 하나하나 빼어나고
버들 솜 바람에 날리듯 글자마다 사도온(謝道蘊)이네
황천에서 기다리는 나그네에게 알릴 수 있겠네
시서의 명맥을 이을 수 있다고

【해제】 한겨울에 아들, 손자, 손녀들과 모여 시를 서로 주고받는 풍경을 노래하였다. 문학과 생활이 밀착되어 있었던 점과 시인 고약박이 집안의 중심이었던 상황을 잘 알 수 있다. 시의 마지막에 언급되었듯이 고약박 자신은 이와 같은 자신의 역할을 세상을 떠난 남편을 대신하는 것으로 여겼다.

고약박의 생애와 시세계

1. 생애

고약박(顧若璞: 1592-1681)은 명말 청초 여성 시인으로 자(字)는 자화 (子和)이다. 인화(仁和 지금의 항주)사람으로 명나라 상림서승(上林署丞) 고우백(顧友白)의 딸이며, 독학(督學) 황여형(黃汝亨)의 장자 황무오(黃茂 梧)의 아내였다. 6권본『황부인와월헌고(黃夫人臥月軒稿)』에 따르면 권1 의 끝에 무오년(戊午年, 1618), 권2의 끝에 정묘년(丁卯年,1627), 권3의 끝에 갑술년(甲戌年, 1628), 권4의 끝에 경인년(庚寅年, 1650)이라고 명 시되어있다. 남겨진 시를 근거로 판단해볼 때, 그녀는 권4를 마친 1650년 이후에도 30년간 더 생존하는 장수를 누렸다. 이러한 점을 고려할 때 그 녀의 생애 기술은 크게 5 단계로 나누어 볼 수 있다.

첫 번째 단계는 1618년(27세)까지로, 부모의 사랑을 받고 명문가에 시집와서 남편이 사망하기 전까지의 행복하게 살았던 기간이다. 고약박 의 어린 시절의 삶에 대해서는 자세한 것은 알 수 없으나, 남겨진 기록 에는 처음 시집 왔을 때 시아버지가 멀리 외지에 가게 되자 딸을 걱정하 는 친정 부모님이 남편을 처가로 불러 함께 살았다는 기록이 있는 만큼 각별한 사랑을 받았던 것으로 생각된다.

고약박은 1606(만력 34년)년 황무오에게 시집가서 1618(만력 46년) 황무오가 사망하기 전까지 12년간 결혼 생활을 함께 했다. 이 결혼은 문 학에 조예가 있었던 집안끼리의 결혼이어서, 비록 대단한 명성을 누리는 집안은 아니었어도 생계에는 별로 어려움이 없었다. 결혼 후 생활은 평 온했으며 2남 2녀를 두었다. 시아버지는 외지에서 관리 생활을 했고, 남 편은 자주 과거시험을 치러 떠나거나 넓은 학문을 구하기 위해 여행을 떠나기도 해서, 고약박은 대부분 집안을 꾸리고 자식을 양육하는데 힘썼다. 불행하게도 황무오는 본래 몸이 허약한데도 연이어 과거시험에 불합격됨으로써 몸과 마음에 모두 상처가 되어 결국 사망에 이르게 되었다.

두 번째 단계는 1619년(28세)에서 1627년(36세)까지로, 이 시기는 남편과 어머니, 시아버지가 연이어 사망하는 재난의 기간이었다. 1619년에 남편이 사망하고 1623년에 친정어머니가 사망했으며 1626년에는 시아버지가 별세했다. 남편의 사망 후 고약박은 자애로운 어머니이자 엄한 스승이 되어 자식들을 이끌었으며, 이러한 점이 시아버지의 인정을 받았다. 그는 '두 어린 손자는 조금씩 이미 두각을 보이고 있다. 며느리는 지혜롭고 사리에 밝으며 문리를 깨우쳐 어머니 역할을 잘하고 있으니 독려하고 가르쳐 이룰 만하다. 나의 아들이 다행히도 잃어버리지 않은 것이 이것 뿐이다.(二稚孫稍已見頭角, 婦慧哲, 曉文理, 能爲母, 可督敎成之, 兒所幸不亡者是耳.)(黃汝亨,「亡兒茂梧壙志」,『寓林集』卷15)라고 하였다. 시아버지에게 며느리는 아들이 없는 집안을 이끌어갈 믿음직한 재원이었다. 이에 그는 『주역(周易)』과 『시경(詩經)』, 도가(道家)의 경전 및 진한(秦漢) 시기의 산문 등을 폭넓게 학습시켜 이 시기 남성 문인들이 받는 교육을 접할 수 있도록 격려하고 지지하였다. 이는 훗날 고약박이 가족 내에서 수많은 여성 시인들을 배출하고 그들의 지도자가 되는데 큰 밑거름이 되었을 것으로 생각된다. 1626년(35세)에 시아버지가 사망하는 불운을 겪었으나, 한편으로 정옥여(丁玉如)가 맏아들 황찬(黃燦)에게 시집왔다. 이후 며느리 정옥여는 시어머니 고약박과 서로 시문을 주고받았으며, 국가 정세에 관심을 갖고 둔전(屯田)문제를 토론 하는 등 활달한 모습을 보여 고약박이 크게 상찬하였다.

세 번째 단계는 남동생 고약군(顧若君)이 불교에 귀의한 1628년(37세)부터 손녀 황공(黃壈)이 태어난 1634년(43세)까지의 시간이다. 이전 단계에 비해 고약박의 생활은 안정되었다. 1630년 장손녀가 출생하고 1632년에는 장손인 계기(啓圻)가 출생했으며, 고약박의 둘째 아들인 황위(黃煒)가 결혼했다. 고약박의 동생 고약군은 비록 삭발하여 승려가 되었으나 가족과의 연계를 끊지 않고 고약박 및 두 아들과 창화하기도 했다. 이 시기에 지은 고약박의 「화집자시(和集字詩)」는 고씨 남매와 두 아들이 서로 창화하면서 지은 것으로, 이 시기 활발한 문학 활동의 한 예를 보여준다. 두 아들이 결혼하자 고약박은 재산을 나누어 각자의 가정을 꾸리게 했으며, 가정의 중책을 두 아들에게 맡기고 자신은 한가한 틈에 더 많은 시간을 후진들의 교육에 쏟았다.

네 번째 단계는 1635년(44세)에서 1650년(59세)까지이다. 손녀 황준(黃埈)이 출생한 이후 그녀의 삶은 더욱 안정되었다. 이 시기 명과 청이 교체되고 두 며느리가 요절하는 등의 고통을 겪었다. 며느리들은 젊은 날의 고약박처럼 시어머니를 도와 시문 창작에 열성적이었으며 만년의 고약박에게 큰 위로가 되었는데, 이들이 요절하게 되어 고약박은 깊은 슬픔에 빠졌다.

다섯 번째 단계는 1651년(60세)부터 1681년(90세) 삶을 마치기까지의 기간이다. 『황부인와월헌고』의 권4는 1650년에서 끝나기 때문에, 이후 그녀의 삶의 족적에 대해 자세한 것을 알기 힘들지만 속각(續刻)에 실린 시에서 보듯, 아끼던 손녀의 죽음을 슬퍼한 다작의 시를 남기고 있어, 여전히 시문을 놓지 않았던 것으로 보인다. 또한 이 시기 며느리와 손자며느리 및 조카며느리 등과 시문을 주고받고 이들의 시문집에 서문을 써주는 등의 일을 하였으며, 이밖에도 집안의 제사 등의 행사에서 가족 내 여성 족장으로서 중심적인 역할을 했을 것으로 추정된다.

2. 시세계

고약박의 시세계는 명말 청초의 다른 여성 시인들에 비하여 다양한 면모를 가지고 있는 편이다. 감성적인 젊은 여성의 모습에서 지혜로운 모친, 중후한 가장의 목소리에 이르기까지 넓은 스펙트럼을 보이고 있으며, 주된 이유는 그녀의 장수와 집안 내에서의 위치에 따른 것으로 보인다. 이러한 성격들은 다분히 생애의 주기에 따라 변화되고 있는 것이므로, 여기서는 그녀의 시세계를 시집 각 권의 성격들을 일별하는 것으로 대신하고자 한다.

① 제 1기: 단란했던 결혼 생활

이 시기에 이미 훗날 보이는 고약박의 강인하면서도 너그러운 풍모가 갖추어져 있었다고 보이며, 시풍도 다양성을 확보하고 있다고 여겨진다. 남편과 화목한 시간을 보내거나 과거에 떨어진 심정을 위로하는 등 남편과의 관계를 알 수 있는 것으로 「남편의 '부매함에 앉아'에 화답하여(同夫子坐浮梅檻)」, 「남편의 '앵무부'를 읽고(讀夫子鸚鵡賦)」, 「정원 외 합격한 남편을 위로하며(慰夫子副榜)」, 「새봄에 남편의 시에 화운하여(新春和夫子韻)」 등이 있고, 평화로운 강남의 일상적 풍경을 보이는 것으로 「호수에서(湖中)」, 「저녁비-6언(暮雨六言)」, 「봄 눈(春雪)」, 「산에 내리는 비(山雨)」, 「남병산 저녁 비(南屛暮雨)」, 「일찍 핀 국화(早菊)」, 「배를 타고(舟中)」가 있다. 이밖에 감각의 쾌락을 긍정한 시풍을 보이는 것으로 「미인도(美人圖)」 및 「궁궐의 노래(宮辭)」 10수가 있고 악부시를 통해 자유로운 발언을 확보한 예로 「수자리 떠난 님을 그리며(憶征戍)」, 「다듬이질 노래(擣衣篇)」, 「댓가지 노래(竹枝詞)」 3수가 있다.

② 제 2기: 과부에서 집안의 어른이 되기까지

이 시기의 시는 인생의 고통으로 시의 풍격은 초기의 경쾌하고 섬세한 것에서 깊고 애절하며 함축적인 쪽으로 변모하였다. 크게 네 가지로 구분될 수 있다.

첫째, 애도와 그리움의 시로 「남편을 그리며(憶夫子)」, 「와병 중에 노래하다(病中詠)」 3수, 「달을 대하고(對月)」, 「되는 대로 짓다(漫題)」, 「새로 뜬 달(新月)」, 「와월헌에 앉아(坐臥月軒)」, 「달빛 아래 매화를 구경하며 남편이 구름 타고 오실 것 같아(觀梅月下意夫或乘雲而來)」 2수 등이 있다. 둘째, 풍경과 일상을 담은 시로 「초여름에 해자를 건너(初夏夜過城河)」, 「배의 난간에서 맞는 저녁놀(艇軒夕照)」, 「봄눈(春雪)」, 「달밤에 비파소리 들으며 미인이 방문하여 기뻐서(夜聽琵琶喜美人見過)」, 「입춘 날 밤에 지어(立春夜作)」, 「서호의 봄날 저녁(西湖春暮)」, 「흰 연꽃(白荷花)」 등이 있다. 셋째, 감회시로 「거문고 노래(琴歌)」, 「병상에서 일어나(病起)」, 「가을 밤 역사책을 읽으며(秋夜讀史)」, 「감회(感懷)」, 「우림에서 한해의 제사를 드리고 감회가 생겨 삼가 쓰다(寓林修歲事感懷敬述)」 등이 있다. 넷째, 놀이적 성격의 교류시로 「'양쪽이 뾰족한 것은' 을 본떠(擬古兩頭纖纖詩)」3수, 「서원사시사(西園四時詞)」4수, 「결혼하는 손부인을 전송하며(送孫夫人合巹)」 등이 있다.

이 시기 시에서 무엇보다 중요한 것은 애도시일 것이다. 남편의 죽음은 그녀의 삶을 송두리째 바꾸어놓았다. 그녀는 누구보다 비통했으나 어린 자식들을 양육해야 했기 때문에 마음 놓고 슬퍼할 겨를도 없었다. 「남편을 그리며(憶夫子)」에서 그녀는 봄이 가는 시절 남편을 잃은 슬픔에 깊이 침잠하는 모습을 보여주고 있다.

다음으로 중요한 시는 세 번째 유형인 감회이다. 응축된 감회가 있을 경우 장편의 서문이 등장하며 시의 형식에서 초사체(楚辭體)가 나타나는 것을 볼 수 있다. 고약박은 다른 여성시인들과 달리 시아버지의 훈도가 있었고, 과거 시험을 보아야 할 자식들을 미리 가르쳤기 때문에, 시 짓는 일 이외에도 경전과 역사서 등 폭넓은 독서경험이 있었다. 이에 산문도 능숙하게 쓸 수 있었으며, 이것이 이와 같은 장편의 서문으로 나타났다고 생각된다.

세 번째로 주의할 현상은 놀이로서의 시가 나타나는 부분이다. 이 시기에 비록 남편과 친정어머니 및 시아버지가 차례로 세상을 떠났으나, 자식들이 점차 자라나 이들과 함께 시를 창작하며 슬픔을 다독이고 유대를 더욱 다질 수 있었다. 이와 같은 시적 연대는 훗날 며느리와 손녀, 조카며느리 등으로 더욱 확대되었으므로 그 의미가 크다.

③ 제 3기: 집안을 만들어 가다

이 시기 시의 주요 내용은 오래 전 죽은 남편을 애도한 애도시와 집안에서의 감회와 일상을 그린 시 그리고 가족구성원들과 교류한 시로 나누어 볼 수 있다. 가장 두드러지는 부분은 '서원(西園)'이라는 이름으로 나타나는 고약박의 '집'이다. 서원은 남편이 살아생전에 함께 가꾼 집안에 딸린 정원으로, 남편이 죽은 후 고약박에게는 추억과 휴식 공간이자 시를 창작하고 가족구성원과 함께 주고받는 공간이 되었다. 제목에 '서원'이라는 단어가 들어간 시는 권3에만 모두 7수가 보이는데 각각 「여름 저녁 서원을 거닐며(夏晚步西園)」, 「옛 시를 모방하여(擬古)」2수, 「서원에서 되는대로 노래하다(西園雜詠)」2수, 「서원에서 우연히 짓다(西園偶作)」, 「서원에서 짓다(西園作)」, 「서원의 가을 밤(西園秋夜)」, 「서원에 복사꽃 자두 꽃이 활짝 핀 것을 기뻐하며 이에 남편의 시에 감동하여 그를 불러보다(喜西園桃李開盛因感夫子詩以招之)」와 같다.

④ 제 4기: 노년의 목소리

권 4에 실린 시의 총수는 36수이다. 이 시기에 지어진 시들은 크게 노년을 맞이한 자신을 되돌아보며 쓴 감회시 성격의 시들 그리고 며느리와 손자손녀 등 가족과 함께 한 교류시의 두 종류로 나누어볼 수 있다. 감회시 성격의 시로는 「늙음을 고함(投老帖)」「감회가 있어(有懷)」, 「둘째 며느리를 애도하며(悲仲婦辭)」 등이 있고 교류시 성격의 시로는 「질부의 서른 살 생일에(姪婦高三十初度)」, 「서원에서 더위를 피하여(西園避暑)」, 「두 아들이 과거시험에 응시하여 동생 초사를 그리워하며(兩兒應試憶超士弟)」, 「이백의 '멀리 있는 이에게' 시를 흉내 내어 미청 심부인에게 보내며(擬李白寄遠贈媚淸沈夫人)」 등이 있다.

이 시기에 지은 연작시 「여름날 정원 꽃을 읊다(夏日園花雜咏)」에는 장편의 서문이 달려있는데 그 끝에는 '을해년 한 여름에 읍수루주인이 되는대로 쓰다(乙亥仲夏揖秀樓主人漫記)'라고 되어 있다. 전집을 통해 거처의 이름은 '우림(寓林)', '와월헌(臥月軒)', '서원(西園)'이 등장하였으나 '읍수루(揖秀樓)'는 이곳에 단 한 번 등장하며 스스로 '주인(主人)'이라는 말을 쓰고 있어 의미심장하다. 을해년(1635) 당시 고약박은 44세였으며 남편이 죽은 이후 거의 20년의 세월을 과부로 살아왔다. 시부모님마저 돌아가신 상태에서 혼자의 힘으로 자녀들을 양육하고 집안을 꾸려온 시인에게 가문의 수장이 되는 영예가 주어져 당당히 '주인'이라는 칭호를 쓸 수 있게 되었으나, 그 길은 고약박 스스로도 말했듯이 너

무도 비통한 것이었다. 전통시기에 남편이 없는 몸으로 죽지 않고 삶을 살아가는 일은 상상하기 어려울 만큼 힘든 일이었기 때문에, 과거를 돌아보는 시인의 시선은 뿌듯함 보다는 만감이 교차하는 착잡함이 더 많았던 듯하다.

『황부인와월헌고』 6권본에서 권1~권4까지 시를 수록한 이외에 별도의 속각(續刻)이 있어 10수의 시를 수록하고 있다. 그 가운데 9수가 손녀인 황준의 죽음을 애도한 것이며, 나머지 한수는 손녀를 추억한 것이다. 만년의 시인에게 손녀는 삶의 기쁨이었는데 요절하게 되어 비통함을 견디기 힘들었다고 한다. 속각에는 별도로 연도표시가 없으나 손녀가 사망한 해가 1653년(고약박 나이 62세)인 것으로 보아 이즈음의 작품으로 추정할 수 있다. 90세 까지 장수했던 데 비해 60대 이후의 시 작품은 손녀를 애도한 이 작품 외에는 남아있는 것이 없어서 아쉽다.

명말 청초 시인 고약박의 생애는 남겨진 자료에 따르면 20대에 남편을 잃고 오랜 기간 수절과부로 홀로 자식들을 양육하며 집안을 꾸려가는 힘겨운 삶의 연속이었다. 그 가운데 시를 쓰고 글을 짓는 것은 한편으로 자식들을 공부시키는 밑거름이었으며, 한편으로는 글 쓰는 여성으로서의 정체성을 가지고 가족 내 다른 여성들과 교류하면서 자신을 성장시킬 수 있는 유효한 수단이 되었던 것으로 보인다.

명대여성작가총서⑪고약박시선
···
휘장을 열고 차를 끓이다

지은이 ‖ 고약박

옮긴이 ‖ 김의정 강경희

펴낸이 ‖ 이충렬

펴낸곳 ‖ 사람들

초판인쇄 2014. 6. 20 ‖ 초판발행 2014. 6. 25 ‖ 출판등록 제395-2006-00063 ‖ 주소 경기
도 파주시 탄현면 갈현리 668-6 ‖ 대표전화 031. 969. 5120 ‖ 팩시밀리 0505. 115. 3920
‖ e-mail. minbook2000@hanmail.net

ISBN 979-11-85501-05-5 93820